À dos d'oiseaux

DU MÊME AUTEUR

L'Extraordinaire Destin de D'Joe
Le chien australien de l'aventurière Sarah Marquis
Éditions Eucalype, 2009

Sauvage par nature
De Sibérie en Australie, 3 ans de marche extrême en solitaire
Éditions Michel Lafon, 2014

Déserts d'altitude
Du Chili au Machu Picchu, 8 mois à pied sur la cordillère des Andes
Éditions Michel Lafon, 2015

Instincts
3 mois seule à pied, en survie dans l'ouest sauvage australien
Éditions Michel Lafon, 2016

La Nature dans ma vie
Les trucs et astuces d'une aventurière
Éditions Michel Lafon, 2017

L'Aventurière des sables
14 000 km à pied à travers les déserts australiens
Éditions Michel Lafon, 2018

J'ai réveillé le tigre
Tasmanie, épreuve initiatique dans l'Ouest inexploré
Éditions Michel Lafon, 2018

SARAH MARQUIS

À dos d'oiseaux

ROMAN

Michel Lafon

118, avenue Achille-Peretti – CS 70024
92521 Neuilly-sur-Seine Cedex

www.michel-lafon.com

– 1 –

UN OS MYSTÉRIEUX

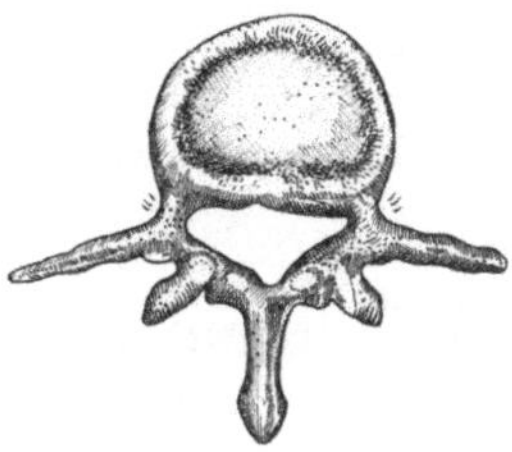

Vers la fin de l'hiver, Alpes suisses.

Cette tempête sévit depuis trois jours et deux nuits. Les volets du chalet sont fermés, les rideaux en feutre épais tirés. À l'intérieur, dans l'ombre, un grand siège confortable de style contemporain fait face à la cheminée moderne de pierre grise qui trône au centre de la pièce. À l'extérieur, la neige s'est amassée depuis le début de l'hiver ici et là, créant des amoncellements de plusieurs mètres de hauteur qui s'apparentent à des sculptures. La fine poudre blanche se déplace désormais à l'horizontale, s'écrasant violemment sur les joues de la personne emmitouflée de la tête aux pieds qui est en train de contourner le chalet par l'arrière. Celle-ci ne semble pas prêter attention aux éléments qui se déchaînent.

Il fait nuit noire et aucune lumière ne perce la forêt qui encercle la cabane ; les conifères géants s'élèvent comme des gardiens. Le vent siffle dans les hautes branches qui plient sous la violence des rafales. Les bras chargés de bûches, la silhouette revient sur ses pas en se frayant un passage quand soudain, elle s'immobilise sans lever le regard, comme si elle écoutait quelque chose, puis reprend le pas pendant que la tempête continue de faire rage.

Un chien-loup surgit et accueille la personne qui vient d'ouvrir la grande porte vitrée, décharge le bois et s'empresse d'attiser le feu en soufflant sur la flamme qui reprend vie sous la contrainte. La luminosité s'intensifie et révèle l'intérieur du chalet : un espace moderne, zen, démuni d'objets inutiles, entièrement recouvert de bois blanc lamé à l'horizontale et doté d'une galerie supérieure où s'étale une collection de livres qui est compressée sous le nombre. L'animal se déplace comme un loup mais n'est autre qu'un fidèle compagnon à quatre pattes. D'un geste familier, le propriétaire le caresse du bout des doigts avant de laisser glisser son énorme manteau qu'il accroche au mur, puis se retourne, dévoilant une créature aux formes féminines et sportives. C'est une femme… Oui ! À la beauté sauvage.

Elle retire sa capuche et laisse sa longue chevelure dégradée éclaircie par le soleil tomber sur ses épaules. Elle s'accroupit pour saluer et caresser Dolce comme il se doit. Celle-ci saisit le moment et saute sur le fauteuil avec un regard taquin, la queue battant la mesure. L'endroit lui est interdit en temps normal, mais toutes deux finiront la soirée recroquevillées dans le grand fauteuil face au feu. Elles ne fermeront pas l'œil de la nuit, tenues en alerte par un vent à cent quarante kilomètres heure qui va tenter sans succès de soulever la toiture en s'infiltrant sous la charpente, lançant des hurlements languissants qui sont loin de rassurer Dolce. Jusqu'ici rien d'anormal, c'est ainsi l'hiver à plus de mille six cents mètres d'altitude.

Au petit matin, l'air est sec et dégagé, Dolce ouvre la voie en zigzaguant entre les arbres au rythme du pas de sa maîtresse, raquettes au pied, sac au dos. Hier soir, tout était hostile, maintenant le paysage est paisible, d'une beauté à couper le souffle. Elle s'arrête et s'assied un instant sur la neige, rattrapée par Dolce qui a pris un moment pour elle en faisant la folle dans la poudreuse. Elles respirent ensemble le silence et absorbent cette sérénité. Ce matin chaque conifère est habillé d'un épais manteau blanc. Les cimes, elles, s'élancent au-dessus de leurs têtes dans un ciel bleu d'après tempête.

De leur position, elles peuvent apercevoir le village en contrebas. Sans attirer son attention, elle observe Dolce du coin de l'œil, assise à sa gauche, et sourit : « Quel petit être incroyable », pense-t-elle.

Ces « instants » où elles restent immobiles en silence font partie d'un rituel qu'elles pratiquent ici et là tout au long de la journée où elles sont en harmonie avec Dame Nature. Pour l'heure un écureuil au plastron blanc vient interrompre le silence en narguant Dolce depuis les hautes branches… Les deux comparses finissent par se remettre en route, connaissant le trajet par cœur puisqu'il est l'unique accès au village. Toute la nourriture et les biens de première nécessité arrivent à dos d'homme, dans ce cas à dos de femme ! Cette situation serait impensable pour la plupart d'entre nous… Elle y voit une harmonie possible avec la Nature. C'est un luxe à ses yeux de pouvoir habiter loin de tout. Et pourtant cela a un prix, ici l'effort s'impose à tout instant. Mais elle a l'habitude…

Elle s'appelle Pumilla Eve Isquarm et est exploratrice au prestigieux National Geographic, mais ses amis l'appellent Pum.

Nous sommes dans les Alpes suisses, en haut d'un col où au printemps qui ne devrait pas tarder à arriver, l'eau des glaciers s'écoule gracieusement et remplit un plan d'eau minuscule entre les reins des montagnes granitiques avant de s'écouler dans la vallée en contrebas. À son pied : un village où deux cent sept habitants survivent en quasi-autonomie en hiver, avec un café et un petit magasin.

Elle pousse la porte du café avec Dolce sur ses talons, celle-ci file immédiatement derrière le bar pour recevoir son p'tit biscuit de bienvenue. Une tradition qui force Pumilla à garder contact avec la vie des habitants et lui permet de se ravitailler en nourriture et de relever son courrier. Elle ne vient pourtant pas de la région, et son seul lien au village n'est autre que son amour pour ce petit joyau si bien caché qu'elle découvrit au retour d'une expédition, alors qu'elle cherchait un endroit isolé et calme pour récupérer. Il y a des gens au village qui ne descendent en plaine que quelques fois dans l'année, qui ne possèdent pas de voiture et pour qui cet endroit est un paradis sur terre. Ne vous y trompez pas : pour le commun des mortels, c'est un trou, loin de tout.

Le temps de boire un expresso vite fait, la voilà déjà en route pour faire ses courses au petit magasin juste à côté qui fait aussi office de poste.

– Bonjour, bonjour ! Tu n'as rien pour moi au courrier ?

– Non, répond une voix depuis la réserve, rien reçu aujourd'hui.

– Si, attends, il y a un paquet, rectifie la fille de la propriétaire en sortant sa tête d'un frigo qu'elle nettoie. C'est un gars qui l'a déposé pour toi ! Il était étrange. Il m'a suppliée de lui dire où tu habitais exactement. Ce que j'ai refusé bien sûr, tu me connais ! Une tombe !

– C'était qui ? Tu as son nom ? Il ressemblait à quoi ?

– Je n'arriverais pas à te le décrire, plutôt du genre prof, pas très propre sur lui… J'ai remarqué ses cheveux gras. Il avait l'air un peu tendu quand même. Pas très grand. La cinquantaine, bien tapé.

– Ok, je te remercie ! Bon boulot… Et s'il revient, prends-le en photo !

Les achats sont vite faits. Un claquement de langue discret avertit Dolce, qui réapparaît de derrière son rayon préféré où elle essaie de toutes ses forces d'hypnotiser les saucisses qu'elle convoite. Les yeux brillants, elle rejoint Pumilla qui a déjà chargé ses courses sur son dos. Celle-ci la fixe avec suspicion, mais Dolce évite le regard de sa maîtresse et lui emboîte le pas en trottinant. Le sac pèse désormais une bonne trentaine de kilos, le paquet a été soigneusement ficelé sur le dessus.

Le retour se fait dans leurs traces encore visibles. Quelques minutes plus tard, depuis le village les deux marcheuses ne sont plus que deux petits points noirs à l'horizon. Le vent s'est levé et balaie violemment la neige fraîche de la veille. Elles s'enfoncent maintenant dans la forêt d'un pas si rapide que Dolce respire la bouche ouverte. L'exploratrice adopte ce rythme soutenu lorsqu'elle est absorbée. Elle ne peut s'arrêter de spéculer sur l'identité du poseur de paquet ! Son repaire ne lui a jamais semblé si éloigné. Elle est impatiente et curieuse. Les seules vraies questions sont : Que contient le paquet et qui en est l'expéditeur ?

Arrivée au chalet, elle ouvre la grande baie vitrée qui fait office de porte d'entrée. Dolce lui passe entre les jambes et se précipite à l'intérieur, trop impatiente. Pendant ce temps l'exploratrice suspend ses raquettes, se secoue pour ne pas ramener de la neige à l'intérieur. Sa comparse à quatre pattes a profité de l'inattention de sa maîtresse et s'est ébrouée au milieu de la pièce principale. D'un pas léger, elle se faufile vers sa couche, un petit air malicieux au fond des yeux. Pumilla qui a tout vu du coin de l'œil sourit intérieurement… Sa chienne est une vraie rebelle et c'est bien ainsi !

Elle pose le paquet sur la table, l'observe, le retourne ; jusqu'ici rien ne sort de l'ordinaire. Sur le dessus est inscrit « Pumilla Isquarm » au feutre gras noir. Pas d'adresse, ni de lieu. Mais le carton vient de la poste suisse, elle reconnaît l'emballage. Elle est impatiente et excitée à la fois. Elle glisse le couteau dans l'interstice avec doigté, tire d'un coup sec et soulève le couvercle, pour découvrir… un autre paquet à l'intérieur ! Elle prend toutes ses précautions pour sortir ce second paquet. Celui-ci est moins bien emballé dans un papier brun qui a déjà servi, ficelé comme un saucisson avec une cordelette rustique. Des timbres remplissent toute la partie gauche avec des oblitérations qui recouvrent chaque petit rectangle dentelé et pourtant aucun n'est parfaitement lisible. Pum se penche pour tenter de découvrir la provenance grâce aux tampons postaux, mais reconnaît aussitôt le portrait de Gengis Khan. L'adresse du premier destinataire a été arrachée.

Dans le silence de cette fin de matinée, elle se redresse, regarde le magnifique paysage blanc par la fenêtre et laisse son esprit vagabonder. Elle expire lentement et murmure… La Mongolie ? Et là, elle entend la voix de son ami Bat qui défile comme sur un enregistreur.

« Il y a des gens qui ne visitent mon pays que pour faire un trait sur leur liste et ne reviennent jamais, et il y a ceux qui l'absorbent et le comprennent, tu fais partie de ceux-là, tu as vu avec tes pieds, tu ne peux que revenir ! À bientôt ! »

Elle soupire bruyamment avec un pincement au cœur. Il lui faut quelques secondes pour arriver à la conclusion que cela fait maintenant huit ans qu'ils ne se sont pas vus. Elle défait la ficelle qui a été vulgairement rattachée. Elle retire le papier brun qui est très courant sur les marchés ouverts là-bas. À l'intérieur, un chiffon coloré aux bords effilochés renferme un objet. Méticuleusement, du bout des doigts, elle écarte les quatre coins du tissu…

« Mon Dieu ! Non ce n'est pas possible ! »

Son cœur s'emballe, elle soulève l'objet à la hauteur de ses yeux, le fait pivoter dans tous les sens pour mieux l'observer. « C'est… oui, c'est bien cela, murmure-t-elle, les paupières plissées. Une VERTÈBRE de dinosaure… Pas de panique, cent vingt millions d'années d'Histoire se trouvent sur ma table de cuisine ! s'écrie-t-elle, sidérée. Sérieusement ? »

Mille questions la traversent. Qui a envoyé cela ? Pourquoi ? Qui est l'homme qui a déposé le paquet ? Et pourquoi moi ? Il n'y a pas d'indications ni même le nom de l'expéditeur et encore moins une note explicative. Et en plus, c'est illégal ! Elle décide de sortir une minute, prendre l'air.

« *I need to think! I need to think.* »[1]

Elle fait un pas dehors, ses mains sont enfoncées dans ses poches et elle frotte nerveusement la petite pierre qui se trouve dans sa poche droite. L'air est piquant, tout est recouvert de blanc, une couche de neige fraîche a déjà effacé leurs traces de pas. Son esprit fonctionne à mille à l'heure. Elle construit des probabilités, essaie de connecter les événements avec ses connaissances sur le sujet, ses dernières recherches, ses contacts, mais elle ne trouve aucun dénominateur commun. Tout cela est incompréhensible, cela fait si longtemps qu'elle n'a pas été en contact avec la Mongolie. Juste occasionnellement avec le scientifique qui travaille dans le désert du Gobi à la préservation du léopard des neiges, mais rien d'important, un petit mot par-ci par-là sans plus. Après dix minutes, ses pieds nus en ont assez et la ramènent à l'intérieur. Elle colle ses mains sur le fourneau à bois, l'expression sur son visage en dit long. Son cerveau, lui, bouillonne : une énigme est là sur sa table de cuisine alors que

1. J'ai besoin de réfléchir.

l'hiver bat son plein et qu'elle commence clairement à tourner en rond malgré ses bonnes résolutions de ne pas repartir tout de suite en expédition. Elle fait une demi-pirouette et avec un sourire qui illumine son visage, déclare haut et fort :

– J'accepte cette mission.

Et avec une nouvelle énergie, elle décide de passer en revue les pièces du puzzle étalées sur la table. Un indice a dû lui échapper. Le paquet, l'emballage, la ficelle, tout est là. Et la… Vertèbre ? L'os n'est nulle part. Il a disparu ! Une fraction de seconde lui suffit pour comprendre.

DOOOOOOOLLLLLCEEEEEEEEEEEEE ???

Nooooooonnnn !

– 2 –

ANONYMOUS

Un vacarme se fait entendre à l'extérieur sur la terrasse en bois, suivi d'une silhouette familière.

– Bon sang ! Qui a inventé ces palmes pour la neige[2] ? Impossible de ne pas se marcher dessus et de ne pas se casser la figure tous les deux mètres !

Nine se relève péniblement et essaie sans succès de suspendre ses raquettes aux crochets prévus à cet effet.

– Zut ! Ah ce que je n'aime pas la neige !

Et elle jette les raquettes à terre, agacée.

La baie vitrée s'ouvre et Dolce se précipite pour souhaiter la bienvenue à ce personnage qu'elle connaît si bien.

---

2. Les Indiens d'Amérique du Nord et les Lapons. Ils les appelaient les souliers des neiges.

– Ta mère a encore raison : on n'a pas idée d'habiter ici, franchement.

– Un petit café ? propose Pum, l'air moqueur.

– Non mais, regarde, je transpire comme une… Et en plus, je me suis cassé la gueule dans le ruisseau parce que je ne l'avais pas vu avec toute cette neige par-dessus, il m'a fallu au moins cinq minutes pour me relever et je suis toute mouillée ! Regarde !

– Nine, Nine, Nine !

Pumilla part dans un fou rire en l'imaginant.

– Et toi madame l'exploratrice, tu as intérêt à être à moitié morte pour m'envoyer un message « code rouge ». Je ne sais pas pourquoi, mais j'ai déjà l'impression de m'être fait avoir.

– Entre, que je te raconte toute l'histoire.

Une tasse de café plus tard…

– Je n'y crois pas, c'est incroyable, s'exclame Nine pour la troisième fois. Je récapitule : nous avons un poseur de paquet mystérieux qui ne connaît pas ton adresse, un bout d'osso buco millénaire emballé dans un autre paquet et pas d'indice, pas de mot ? Et si tu étais complètement à côté du sujet ? Tu en as déjà vu de semblables ? Je veux dire des squelettes de dinosaure ? Attends… Attends. Stop ! Est-ce que je veux vraiment connaître la réponse ?

– Tu prends encore un café ?

– Arrête de faire diversion, je connais ce regard-là, je suis déjà dans une galère sans le savoir, c'est ça ?

– Et voici les fameux muffins au citron que tu aimes tant.

Il faut plusieurs heures à Pumilla pour raconter le récit complet de ses aventures en Mongolie, durant son expédition de trois ans où elle a marché de Sibérie en Australie… La nuit tombe déjà quand elle termine en disant :

– Maintenant tu sais « presque » tout !

Nine secoue la tête sans sortir un seul mot. Pensive, elle s'assied dans le fauteuil en face du feu qui crépite. La maîtresse des lieux enfile son long manteau et s'en va chercher du bois derrière la cabane, Dolce sur ses talons. La nuit est sacrée pour l'exploratrice, reconnue pour ses traversées nocturnes de déserts. En Australie, cela dura des mois, évitant ainsi la chaleur insoutenable de la journée.

« La nuit est propice à celui qui la comprend et l'aime », finira-t-elle par expliquer.

Soudain Dolce se lance comme une guerrière jusqu'à l'extrémité du chalet, s'arrête net et se met à grogner. Pumilla s'immobilise, s'accroupit et attend. Les minutes passent, et Dolce est toujours en mode défense face à cet ennemi que la nuit leur cache. Peu importe qui se trouve là, il a la même acuité de vision que Pum dans la nuit… à moins que ce soit le fameux chevreuil qui vient grignoter les restes de pelures dans le compost depuis des semaines… Le temps passe mais Dolce ne bouge pas. Pumilla s'approche, la caresse et lui susurre quelques mots.

Naturellement celle-ci fait marche arrière avec sa maîtresse sur ses talons. Pour ne pas inquiéter Nine, Pum ne lui dira rien de cet incident.

– Tu restes dormir ?

– Tu n'imagines quand même pas que je vais braver dans le noir le chemin du retour ? Et puis Giulio va certainement dormir dans son restaurant ce soir, il va finir tard.

– Tu auras donc le privilège de passer la nuit avec Dolce, j'ai tout ce qu'il te faut.

Elle sort un sac de couchage et installe son amie confortablement. Dolce voyagera toute la nuit, sa maîtresse a entendu ses petites griffes résonner sur le parquet, patrouillant de la porte d'entrée à la fenêtre de derrière. Elle est debout depuis longtemps, ou plutôt elle n'a pas vraiment fermé l'œil, la pauvre. Pumilla met la cafetière italienne sur le feu et ouvre délicatement la porte vitrée pour ne pas réveiller Nine qui ne cesse de se retourner. Elle semble lutter avec un dragon dans son sommeil et se sent apparemment à l'étroit dans son sac de couchage. La scène amuse Pum qui se glisse silencieusement à l'extérieur et s'efface dans les premières lumières du jour avec Dolce sur ses talons. En traqueuse expérimentée, elle constate aussitôt qu'il n'a pas neigé depuis la veille au soir, et se rend directement là où Dolce a grogné, elle va donc pouvoir lire les traces.

Elle n'en croit pas ses yeux. Comme elle avait raison de s'inquiéter ! Des empreintes de pas sont visibles dans la neige, ce sont des semelles de grosses chaussures de marche. Une grande pointure, et il semble bien que son propriétaire ait stationné là un bon moment. Il y a aussi des mégots de cigarette qu'elle reconnaît, la dernière fois qu'elle a vu ces fameuses « Belomorkanal » c'était en Sibérie. Elles n'ont pas de filtre, mais un tube en carton, ce qui les rend atypiques. Quant aux chaussures, elle sait que l'armée et les forces spéciales utilisent ce genre d'équipement, une personne normale aurait des bottes pour la neige. Elle espère se tromper mais les mégots de cigarette appuient sa théorie. Elle rappelle Dolce en scrutant les alentours et retourne immédiatement à l'intérieur.

– Nine, debout ! Il y a urgence !

– Hmm… Tu m'as déjà dit ça hier.

La cafetière crache maintenant son liquide noir avec un sifflement qui s'amplifie, dégageant une odeur divine.

– Pum ! Arrête-moi ce bruit s'il te plaît !

Dolce remarque que Nine est réveillée et s'élance pour son premier câlin du matin. Celle-ci tente de la repousser, sans succès, alors elle abandonne et se rend face à cet adversaire de taille. Pum s'approche avec le sourire, pensant que Dolce est la seule qui arrive à solliciter sa comparse avant le café. Chargée de deux tasses de café brûlantes, elle rejoint le team « sac de couchage » qui est au sol sur une natte.

– Bois ça, dit-elle en tendant à Nine ce précieux breuvage.

Celle-ci s'extrait à mi-corps et s'assied sans ouvrir ses yeux, tendant la main à l'aveugle pour saisir sa tasse, et se met à boire de petites gorgées. Cinq minutes se sont écoulées et Pum décide que le moment est propice.

– On a un problème !

– J'espère que tu as du pain, je ne mange rien d'autre le matin, tu sais ça !

– Il y a un gars qui était à l'extérieur du chalet hier soir !

– QUOI ????

– Ce matin j'ai vu des traces, et ce sont certainement des empreintes de bottes des forces spéciales… ou de l'armée.

– QUOI !!!!

– Et je pense que c'est en relation avec le paquet.

– Mais bien sûr que c'est en relation avec le paquet ! Et pourquoi tu es si calme ? Bon. Allez, il faut faire un *emergency meeting* ! (Elle s'extirpe du sac de couchage.)

– Tu veux dire un « code rouge » ?

– Oui, mais ce que tu es lente, tu ne t'arranges pas, toi ! Allez, un peu de nerfs ! Allez chop chop, fini de traînasser ! Et ça se dit exploratrice… Qu'est-ce que tu ferais sans moi ?

– 3 –

CHASSE AU PALÉONTOLOGUE…

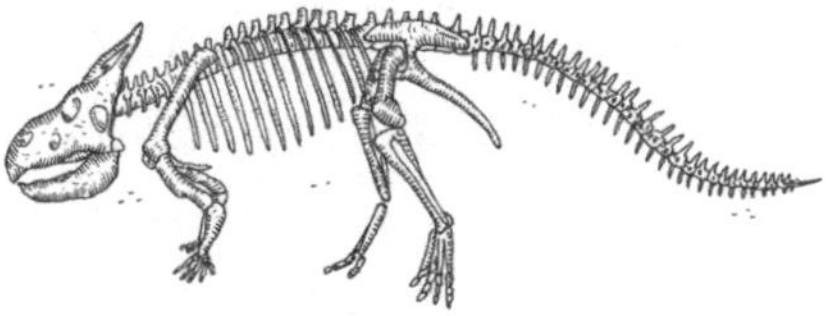

Nine et Pumilla arrivent sur le parking de l'université comme prévu en début d'après-midi. Moteur éteint, elles attendent un instant en observant l'entrée principale du campus. Le plan est très simple : il faut trouver le poseur de paquet. « Il ressemble à un professeur », a dit la petite du magasin. Et un prof qui s'occupe de fossiles, ça ne peut être qu'un paléontologue. Et il ne peut que se trouver dans cette université, c'est le seul endroit en Suisse où il est possible d'obtenir un doctorat en géologie puis une spécification en paléontologie. Bien sûr, tout ceci en supposant que notre poseur de paquet est suisse et professeur en paléo.

Nine, qui a été enseignante dans sa première vie, connaît bien ce milieu. Elle empoigne sur le siège arrière un tas de livres de tailles différentes, les dépose sur le toit, passe sa main dans ses cheveux pour les ébouriffer un peu, et glisse le lot de bouquins sous son bras. Elle est prête.

– Maintenant, déclare-t-elle, je n'ai plus qu'à dénicher la salle des enseignants, et une fois qu'elle est localisée, je m'occupe de trouver le nom du prof en paléo, que je te communiquerai par texto. Tu n'as donc plus qu'à trouver la salle où il donne ses cours. Souviens-toi ! La cinquantaine poivre et sel, cheveux gras, pas très grand…

– Et toi tu es censée enseigner quoi ?

– Ça ne se voit pas ? Littérature Égypte ancienne, dit Nine en montrant la pile de livres qu'elle a dans les bras.

Et elle s'élance d'un pas nonchalant, puis se retourne et hurle à distance :

– *Good luck sister*, que la meilleure gagne !

L'exploratrice sourit, elle a un plan. Celui-ci déclenchera sans effort une série d'événements en domino qui l'amèneront tout droit chez le professeur X, et cela bien avant que Nine mette la main dessus… Elle ne se dirige pas comme prévu vers l'entrée principale, mais pousse la porte de la cafétéria qui se situe dans un bâtiment séparé, et passe commande. Quelques minutes plus tard, elle récupère un thé brûlant et alors qu'elle s'apprête à s'asseoir, un groupe d'étudiantes l'interpelle :

– Vous êtes bien Pumilla Isquarm, l'exploratrice ? Vous donnez une conférence ici ? Quelle salle ?

Les questions pleuvent… Pum les regarde, les yeux brillants, retranchée derrière sa tasse de thé qu'elle boit par petites gorgées. Elle marmonne : « Une série d'événements en domino… »

En quelques échanges seulement, elle découvre que le paléontologue répond au nom de professeur Weugirr. En bonus, les étudiantes se portent volontaires pour l'accompagner à l'auditorium 132 B, lieu de son prochain cours, ce qui, vu la grandeur de l'établissement, va lui faire gagner du temps. Et voilà le travail !

Pendant ce temps, dans la salle des profs, Nine a mis la main en moins de deux sur le nom du professeur, mais elle ne veut pas s'arrêter là et c'est à la bibliothèque qu'elle se rend. Quelques minutes seulement après son arrivée, le rire à peine étouffé du jeune interne en charge perce le silence de la magnifique salle des archives où le vieux bois crée une atmosphère feutrée. Nine est accoudée à son comptoir. Elle s'est présentée comme la nouvelle secrétaire du professeur Weugirr, et s'est encore un peu rapprochée du jeune homme. Elle peut entendre le clic qui ouvre le dossier classé confidentiel qui se trouve dans son ordinateur. Elle poursuit :

– Pour le projet international « Underground Water » (qu'elle a inventé de toutes pièces bien sûr), il me faut aussi la liste complète des ouvrages que le professeur a sortis du coffre des livres rares, durant les six derniers mois.

Elle veut absolument savoir sur quoi porte son travail.

Le bibliothécaire ne rigole plus, il l'observe. Nine renchérit :

– Sympa comme lieu de travail, la planque en fait, et en plus tu peux étudier en même temps, veinard !

Il la regarde et sourit bêtement :

– Ouais, j'ai été pistonné pour être ici.

Il tape un mot de passe sur son ordinateur et entre dans le dossier classé confidentiel. Après quelques instants, il relève la tête en faisant la moue :

– Ben, c'est protégé.

Elle se met à rire.

– Ben oui, c'est protégé, et c'est pour cela qu'il m'envoie personnellement. Et entre nous, c'est protégé jusqu'au moment où cela n'est plus protégé, si tu vois ce que je veux dire, fait-elle en le regardant droit dans les yeux, puis en laissant tomber son regard lentement jusque sur ses mains juvéniles.

Mon Dieu ! Elle flirte avec ce gamin ! Réaliser cela lui fait l'effet d'une douche froide, elle qui jure qu'elle n'a jamais utilisé son charme d'Italo-Suisse pour obtenir quoi que ce soit. Elle se redresse et se reprend, une grimace se dessine sur son visage et elle se dit : « Heureusement que Pum ne m'a pas vue ! »

Peu après, le jeune homme droit comme un « I » derrière le vieux bureau d'accueil lui tend patiemment une feuille comprenant toutes les infos dont elle a besoin. Elle saisit la feuille en souriant d'un air forcé, accompagné d'un « merci » aussi froid qu'un glaçon arctique, et s'en va. Nine sent encore le regard du gamin dans son dos lorsqu'elle pousse la grande porte de sortie en bois sculpté ! Une fois à l'air libre, elle part dans un fou rire, et trouve même que ce petit jeu fut plutôt rafraîchissant… Elle s'arrête net lorsqu'une voix l'interpelle par son prénom ! Elle relève la tête, pour voir son amie adossée à l'une des colonnes à l'entrée.

– Dis-moi que tu n'as rien entendu de ce qui s'est passé là-dedans ?

– Non pourquoi ?

Quelques instants plus tard, leur voiture recule sur le parking et s'élance sur l'autoroute. Sur le chemin du retour, elles ne cessent de s'échanger les infos qu'elles ont collectées. À leur plus grande surprise, le professeur Weugirr est hollandais, il mesure deux mètres de haut et il est blond. « Tous les étudiants interrogés ont certifié ne pas reconnaître la description du poseur de paquet », ajoute Nine. Et dans cette université, il n'y a pas d'autre professeur de sexe masculin qui enseigne dans ce domaine… « Et voilà comment perdre son temps, soupire Pumilla, on n'en sait pas plus qu'avant et cela nous a pris la journée. »

Après plus de trois heures de route, elles arrivent enfin au village.

– On va boire un café avant de rentrer à la cabane ? propose Nine.

Dolce, à l'arrière, a entendu le mot café et commence à s'agiter, ce qui fait sourire sa maîtresse. Quelques minutes plus tard, elles poussent la porte vitrée de la guinguette, Dolce se précipite derrière le bar et est reçue comme d'habitude avec un biscuit. À cette heure, l'établissement est vide ou presque, un seul client se trouve dans l'angle sur le banc de coin. Les nouvelles arrivantes ne lui prêtent aucune attention. Mais à peine se sont-elles assises que celui-ci se lève et se dirige vers elles. Il a la cinquantaine, les cheveux gras poivre et sel, et porte un vieux pardessus beige.

– Avez-vous bien reçu mon paquet ? Je me présente : Anton Wurt, antiquaire d'art à Genève.

Ça, elles ne l'ont pas vu venir… C'est Dolce qui met fin à la stupeur des deux amies en quémandant une caresse au nouvel arrivant. Pourtant quelque chose continue à ne pas sonner juste. L'exploratrice n'écoute plus ce qu'il raconte, elle l'observe. Ses expressions sont lentes, son squelette a un léger problème de posture qui l'oblige à se pencher vers l'avant, ses chaussures sont faites sur mesure, certainement. Vu l'usure, il n'en possède pas plus de deux paires selon elle, cela doit l'aider avec sa démarche. Mais une chose est certaine, la seule créature qui lui vient à l'esprit c'est une limace ! Voilà à quoi il lui fait penser : « une limace », sourit-elle en haussant légèrement les sourcils.

L'homme se sent clairement inconfortable en face de l'exploratrice qui n'a pas ouvert la bouche.

Nine comme à son habitude a fait la conversation, un art qu'elle maîtrise à merveille. Il prend congé, prétextant son manque d'expérience de la conduite sur la neige. Pum se lève et lui tend la main pour vérifier quelque chose. Nine n'en fait rien… Dolce le regarde s'éloigner.

– Alors ? demande Nine debout les bras croisés.

Elle ne le quitte pas des yeux, elle veut voir quel type de voiture il conduit.

– C'est une limace, de surcroît aux mains moites.

– Une vraie limace, quoi ! Humm, monsieur limace, que nous cachez-vous ? murmure-t-elle avec suspicion en ne le lâchant pas du regard. Pourquoi vous être donné tout ce mal ?

Il arrive sur le parking et se glisse dans un coupé modifié dernier cri BMW…

– Ça non plus, je ne l'avais pas vu venir, laisse échapper Nine… Étrange, pour une limace qui a peur de la neige. Affaire à suivre…

Elles mettent leurs raquettes aux pieds et rejoignent la cabane sans avoir prononcé un mot. Toutes les deux se sont plongées dans un monde de déductions et de probabilités. Soudain, alors que le chalet est en vue, Dolce se met à grogner et lève la patte droite. De leur position, à travers la forêt, elles constatent que la lumière est allumée à l'intérieur. Nine n'en croit pas ses yeux.

– Ils ont du culot quand même, en plus ils allument maintenant !

– Tu vas rester ici planquée derrière cet arbre, ordonne Pum. Je vais voir ce qui se passe, et si ça tourne au vinaigre, je lâche Dolce qui va te rejoindre, et tu vas chercher des secours, Ok ?

– Mais la nuit commence à tomber, s'écrie Nine, et tu sais que je n'ai pas le sens de l'orientation !

– La nuit est en notre faveur, elle va nous aider à tirer cette histoire au clair une fois pour toutes ! Donc tu attends Dolce et tu te diriges vers les lumières du village en contrebas !

Et avant que Nine ait pu contester ce plan plus que foireux à ses yeux, l'exploratrice s'enfonce déjà dans le bois. Nine reste seule, pétrifiée, recroquevillée derrière un arbre qu'elle enlace comme une bouée de sauvetage. Et voilà encore une de ces aventures où Pum dit que tout va bien se passer et où rien ne se passe comme prévu ! La même chose qu'en Tasmanie[3] !

À ce souvenir, elle fait une grimace et ferme les yeux pour fuir les traumas que cette expédition-là lui a laissés. Et cela lui fait penser que Pum n'a pas dit que tout allait bien se passer cette fois-ci. Mon Dieu, c'est pire que prévu ! Elle regarde en direction du chalet, elle ne la voit déjà plus, la pénombre a mangé sa silhouette.

L'exploratrice choisit d'arriver par l'arrière, elle pourra ainsi se positionner et observer par la fenêtre de derrière ce qui se passe à l'intérieur.

---

3. Voir le livre *J'ai réveillé le tigre* aux Éditions Michel Lafon.

Elle se déplace comme un félin dans l'obscurité et arrive sans embrouille à l'angle arrière du chalet, la neige fraîche étouffe le « hush, hush » que produisent ses raquettes. Elle colle son visage au coin de la fenêtre et lentement y passe un œil. À l'intérieur, un homme qu'elle ne voit que de dos évolue pieds nus ! La scène est rocambolesque ; elle remarque aussi que la table est mise, tellement drôle. L'homme s'affaire maintenant à ouvrir une bouteille de vin, qu'il déguste avec élégance en levant son verre tout en faisant danser le liquide sombre à l'intérieur. C'est à ce moment-là que son regard est attiré par un mouvement à l'extérieur et qu'il aperçoit Pum qui lorgne par la fenêtre. Il lui fait signe d'entrer.

Elle n'en peut plus et s'écroule de rire sur la neige avec Dolce qui lui saute dessus en pensant que c'est un nouveau jeu. Elle contourne le chalet et envoie un texto à Nine pour lui dire de venir, que tout est Ok ! Celle-ci répond qu'elle ne peut pas, elle n'arrive pas à s'orienter… il fait trop nuit !

– Ok, je t'envoie Dolce.

– Enfin vous voilà, dit l'homme en ouvrant la grande porte vitrée, et en prenant Pum dans ses bras.

– Mais qu'est-ce que tu fais ici, Giulio ?

– Allez, assieds-toi, et dis-moi où est Nine ! Tu ne l'as pas encore perdue, dis-moi ?

– Non, non, t'inquiète, Dolce est partie la récupérer, dit-elle en retirant ses bottes de neige.

– Quoi ? (Il se tient la tête entre les mains.) Un jour, je vais lui interdire de te voir, tu sais ça ?

– C'est ça ! Est-ce qu'il lui est déjà arrivé quelque chose ?

Il sourit.

– Non, c'est vrai, mais avec vos aventures qui sont loin d'être des aventures du dimanche, je te rappelle que…

Pum fait diversion et aborde un sujet auquel l'amoureux de Nine ne peut résister : sa cuisine.

– Ça sent si bon ! Tu nous as cuisiné quoi de divin ?

Quelques instants plus tard, des pas lourds se font entendre. La silhouette de Nine apparaît dans le halo lumineux qui traverse la baie vitrée. Dolce est à ses côtés, elle remue la queue, si fière d'avoir accompli sa mission. Nine, jusque-là pas très à l'aise, affiche maintenant un énorme sourire lorsqu'elle reconnaît son amour de toujours. Giulio Anta.

La soirée fut royale, le chef étoilé a saisi l'opportunité d'une soirée de libre exceptionnelle pour rejoindre les filles dans leur « repaire de bandits », comme il le dit avec humour. Il a apporté les ingrédients pour le repas du soir qui n'est autre que le menu officiel d'un mariage qui a été annulé au dernier moment. Il ne lui manquait plus qu'à récupérer le double de la clé de la cabane que Pum a stratégiquement placée chez eux et à venir leur faire une surprise. La soirée fut exceptionnelle et elles se sont abstenues de parler de leurs affaires en cours pour ne pas l'inquiéter. Pumilla finit par s'endormir tout emmitouflée dans son sac de couchage sur le parquet avec Dolce comme chaufferette, cédant sa chambre aux amoureux.

Au petit matin très tôt, elle se glisse à l'extérieur, avec Dolce comme d'habitude. Deux heures plus tard elle est de retour et retrouve Giulio déjà affairé en cuisine.

– Tu ne t'arrêtes donc jamais ?

– Comme toi, ma chère !

Et ils partent dans un grand éclat de rire.

– C'est quoi ce bruit, il est 7 heures du matin !

Nine émerge avec une humeur de grincheux, mais l'odeur des crêpes la fait changer d'avis.

– Bon, tu as du café ? Parce que là, moi j'ai une idée sur l'énigme de l'osso buco.

– L'osso buco ? demande Giulio, perplexe. Bon, je ne veux pas en savoir plus, je dois filer.

En un rien de temps, il passe sa main dans sa touffe de cheveux ondulés, y plante son chapeau de feutre, noie en vitesse une bouchée de crêpe avec une gorgée d'arabica brûlant, serre sa douce contre lui, relève le col de sa veste matelassée et s'élance dans le froid mordant du petit matin. Peu de temps s'écoule avant qu'il disparaisse, raquettes aux pieds, dans la forêt enneigée. Elles attendent patiemment dans le silence encore quelques secondes puis comme si un signal venait de retentir, elles s'élancent dans des théories de probabilités,

Dolce les regarde sans trop leur prêter attention, elle connaît cet état euphorique « brainstorming style », mais se demande surtout laquelle des deux va penser à lui donner son petit déjeuner.

– 4 –

MADRID…

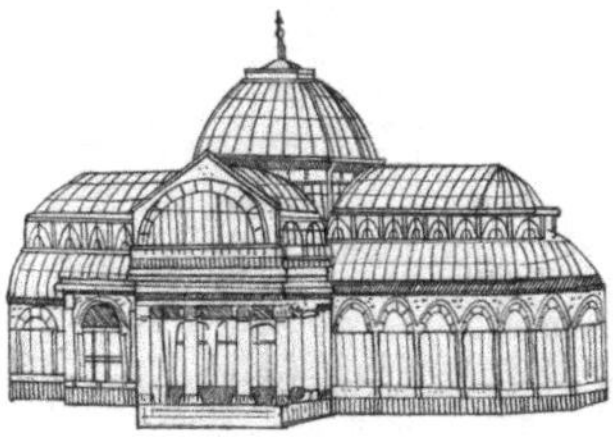

Pumilla Isquarm se redresse sur son siège 14 A et respire profondément ; elle est nerveuse. L'avion dans lequel elle se trouve vient d'atterrir à l'aéroport de Madrid. Elle descend sur le tarmac en suivant les autres passagers qui s'agitent comme des fourmis et, l'espace d'un instant, se plante au milieu du flot d'humains en inhalant l'air libre. Elle est tendue, elle qui s'était juré de ne jamais remettre un orteil en Espagne et encore moins à Madrid. « Et pourtant tu es bien là », se reproche-t-elle. Elle accélère le pas pour sortir le plus vite possible de l'aéroport et s'engouffrer dans le premier taxi. Elle ne décrochera pas du regard le paysage qui défile. Il est loin d'être inoubliable, mais il lui est si familier ; les minutes passent, et des bribes de souvenirs font surface, elle entend alors sa voix, sent sa main dans la sienne… Pum se redresse sur son siège. Elle a la sensation presque douloureuse de rentrer à la maison, ce qui lui provoque un pincement au cœur.

– Combien de fois ce pays va-t-il me faire endurer cela ? murmure-t-elle en espagnol.

– *Perdon ?* rétorque le conducteur, qui a l'oreille fine.

– *Todo bien, todo bien*, répond Pum avec la gestuelle adéquate.

Elle sourit intérieurement de sa stupidité. Le taxi file à bonne vitesse et longe déjà le grand parc public El Retiro, passe devant son café préféré sur la place de l'Indépendance et descend la Calle de Alcala où elle reconnaît la fontaine de Cibeles qui trône au milieu du croisement des quatre axes importants de la ville. Sans prévenir, les larmes lui montent aux yeux. Elle respire profondément. Cela fait trois ans… Sérieusement ? *Basta ! Basta !* Un regard discret mais sympathique du chauffeur de taxi lui fait reprendre ses esprits.

Le véhicule s'arrête.

– Museo National Thyssen-Bornemisza, annonce le conducteur.

Elle le remercie avec un pourboire et un hochement de tête. Sans bagage encombrant, elle descend et s'engouffre dans l'entrée du musée. Elle passe la sécurité avec son billet électronique, se précipite à l'étage via les escaliers qu'elle enjambe quatre à quatre et se dirige vers un endroit précis pour enfin s'arrêter net devant ce qu'elle cherchait. « Il est encore là », murmure-t-elle. Elle sourit de tout son être et à cet instant, se sent étrangement soulagée. Dans le silence bienveillant du musée elle chuchote : « Merci, merci. » Devant ses yeux émerveillés trône le tableau de Martin Johnson Heade *L'Orchidée et le Colibri*.

Pum s'approche d'un banc sans dossier posé au milieu de la pièce et s'y laisse tomber sans quitter des yeux le chef-d'œuvre. Ce tableau déclenche à chacune de ses visites des sensations étranges, comme s'il arrivait à ouvrir une porte secrète en elle… Elle se réfugiait ici quand elle habitait à Madrid. C'était son endroit secret, lorsqu'elle remettait en question cet « amour » que tout le monde trouvait si fantastique, mais qui en réalité arrachait les plumes de ses ailes une à une.

Les heures passent, et elle doit maintenant partir à regret : elle a un rendez-vous. Elle se retrouve dans la rue si familière, y respire profondément comme pour oxygéner son esprit. Tout en marchant, elle retire machinalement la carte postale de son sac à main et la contemple une nouvelle fois. Sur le verso est imprimée la reproduction de la peinture qu'elle vient de voir et au recto sont écrits les mots : « *Sorry for being late… Gonzi.* »[4] Elle tapote la carte nerveusement sur sa main gauche et la remet dans son sac.

4. Désolé d'être en retard… Gonzi.

Le jour s'efface déjà lorsque l'exploratrice traverse les magnifiques jardins d'El Retiro qu'elle connaît comme sa poche, où chaque coin et recoin a une histoire. Mais pour l'heure, elle presse le pas au maximum, parce qu'elle est presque en retard. Elle arrive en sueur devant le Palacio de Cristal, mais prend le temps de s'arrêter un instant pour le contempler de loin. Un peu comme un amour que l'on n'a pas vu depuis des années. La dernière fois qu'elle s'est trouvée là, la pluie tombait par vagues, elle et Gonzi s'étaient réfugiés dans la petite grotte à l'est de l'étang en attendant une accalmie. Le palais de Cristal n'est rien d'autre qu'une serre, de surcroît vide la plupart du temps, mais son volume négatif et sa transparence soulignée par ses fers forgés sont d'une beauté pure… Elle plaisantait souvent avec Gonzi en déclarant que la seule vraie façon d'arriver au Palacio de Cristal serait à cheval… Lui ne bronchait pas, il avait peur des chevaux.

Un homme dans la quarantaine, arborant une barbe noire de quelques jours taillée à la perfection, est posté à l'entrée. Il tient contre lui une vieille sacoche en cuir brun clair, une expression d'impatience sur le visage. Elle arrive, lui tend la main et se présente. L'homme se détend immédiatement, mais il jette quand même un œil à sa montre qui indique 20 heures pile.

– Merci de me recevoir aussi tardivement.

– Allons à mon bureau, qui n'est pas très loin d'ici, nous y serons mieux pour discuter.

Ils arrivent quelques minutes plus tard dans un bâtiment restauré où le verre remplace les parties manquantes de la structure, se mariant magnifiquement avec les anciennes briques. La transparence du verre est utilisée comme un pansement irrégulier qui laisse passer la lumière ici et là. Le bureau est à l'image de son propriétaire : manucuré. En très peu de temps, Pum se rend compte que ce personnage ne sera pas d'une grande aide, mais il enchaîne en lui donnant les références de son collègue paléontologue en charge des fouilles pour le musée, le professeur Gaston Rouices. Elle le remercie et s'apprête à prendre congé lorsqu'un personnage passe la tête par la porte pour inviter le curateur à manger avec son collègue américain. Celui-ci décline, mais lance :

– On parlait justement de vous avec madame Isquarm du National Geographic. Vous avez deux minutes pour elle ?

– Pas vraiment, répond l'autre, mais venez manger avec nous, dit-il d'un air complètement détaché tout en la scannant de la tête aux pieds.

Il a le physique de l'interlocuteur qu'elle cherche : elle l'imagine sans problème faisant des fouilles par quarante-cinq degrés dans un désert au contraire de son premier interlocuteur. Elle sourit et répond juste d'un « Ok. » Il est du genre à ne se laver que le mercredi et à n'utiliser du savon que s'il en a sous la main. Ses cheveux bouclés mi-longs sont en pagaille et décolorés par le soleil. Elle remarque un os d'assez grande taille en pendentif sur sa poitrine velue. Sa chemise déboutonnée laisse peu d'espace à l'imagination. Il croise son regard qui s'est attardé sur sa poitrine, elle fait diversion sans grand succès… Il s'immobilise, la contemplant avec gourmandise comme un dessert… Il pense déjà à l'après-repas.

Deux heures plus tard, elle rejoint les deux professeurs. Ils mangent de l'houmous avec du pain plat au fond de la Casa Oriental en buvant des bières bien fraîches. Elle s'assied et se joint aux festivités, suit les conversations en anglais, rigole quand il le faut, mais surtout observe leurs comportements, leurs façons de bouger, de s'exprimer, le lieu est très bruyant, la lumière tamisée. Soudain l'archéologue espagnol lui claque une tape sur la cuisse :

– Alors ma belle, qu'est-ce qui t'amène chez nous ?

Elle sourit bêtement, le regarde droit dans les yeux tandis qu'elle lâche, en espagnol :

– J'ai en ma possession une vertèbre de *Tyrannosaurus* qui appartient à votre collection du musée d'Histoire naturelle si j'en crois son numéro d'enregistrement. J'aurais bien aimé en savoir plus sur cette vertèbre.

Gaston Rouices reste figé un instant, et avant même qu'il ait l'occasion de répondre, son collègue américain se lève pour prendre congé, prétextant un vol très tôt le lendemain matin. Gaston Rouices commande alors d'un geste de la tête une énième tournée et fixe Pum avec une intensité qu'elle connaît bien (ah ces Latins, si prévisibles…), tout en se rapprochant d'elle. Il est si près maintenant qu'elle arrive à capter son odeur douceâtre et lourde.

Ses critères de sélection regardant le sexe opposé sont la voix et l'odeur. Le corps du professeur se rapproche encore de quelques centimètres silencieusement. Elle ne le quitte pas du regard, curieuse, elle y voit un animal, pas très noble ni très correct, fouineur, charognard peut-être ?

Si Nine était là, ce jeu serait beaucoup plus fun… Un mélange curieux, genre ours-chien-putois… Il rompt le silence en lui racontant l'histoire de la dent de loup qu'il porte autour du cou.

Voilà bien des tournées maintenant auxquelles Pum fait semblant de participer, mais elle n'avale plus une seule goutte d'alcool. Par contre, son interlocuteur accumule les bières. Elle apprend plein de choses intéressantes, et principalement qu'il a des fouilles en activité dans le désert de Gobi. Avec l'avancement de la soirée, les propos qui sortent de la bouche du paléontologue deviennent toujours moins clairs. Il est tard lorsque deux hommes entrent et se dirigent vers leur table. Le premier susurre une information à l'oreille du paléontologue pendant que l'autre dévisage Pum.

Les deux portent des costards de mauvaise qualité, mal coupés pour leur grande carrure. Une fois qu'ils se sont éloignés, elle interpelle le professeur :

– Moyen-Orient ?

– Yep ! répond Gaston qui lutte comme un brave, les yeux peinant à rester ouverts.

Mais Pum en sait suffisamment ; elle le salue, il tente de la retenir par le bras et s'écroule sur la banquette. La serveuse se précipite en levant les yeux au ciel et interpelle Pum qui est sur le départ :

– Son ardoise est payée par mon patron, ne t'inquiète pas !

– Et qui est ton patron ?

– Un homme d'affaires, le bras droit d'un cheikh aux Émirats, on l'appelle le Faucon !

Pum se retourne une dernière fois et voit Gaston qui essaye de se lever avec le plus grand mal, elle lui sourit et s'enfonce dans la nuit pour rejoindre un petit hôtel familial discret où elle avait l'habitude de descendre. Elle ne se préoccupe pas trop de savoir si une chambre est encore disponible à ces heures, sa tête est bien ailleurs. Que peut bien faire un type comme Rouices avec un faucon ?

Elle est réveillée à l'aube par les camions poubelles qui reculent à coups de « bip ! bip ! » dans les rues étroites.

– Rien n'a changé dans cette ville ! s'écrie-t-elle en se rendant à la salle de bains.

Lorsqu'elle habitait dans le quartier de Salamanca, tous les matins sans exception, elle se faisait réveiller alors que Gonzi continuait à dormir à poings fermés. Elle secoue la tête, elle avait oublié ça… En attendant l'ouverture du parc, elle appelle sa cheffe au National Geographic à Washington ; malgré le décalage horaire, elle ne risque pas de la réveiller, c'est une couche-tard. L'échange téléphonique dure longtemps : sa cheffe finit par lui donner le feu vert pour pousser l'enquête plus loin et l'autorise à engager assistant et photographe… « Merci, merci », dit-elle avant de raccrocher. Et elle effectue une petite « *victory dance* ».

Il est 6 heures du matin lorsqu'elle pousse la porte principale de l'hôtel, elle a mal dormi et fait un rêve très étrange dont elle ne se souvient plus, le soleil n'est pas encore levé, elle a toujours aimé ce moment où les grandes avenues sont presque vides et où elle peut admirer les monuments en solitaire. Et pourtant dans la rue, elle se fait discrète. Elle remonte le trottoir à l'ouest du parc pour s'y glisser par l'entrée qui fait face à la Casa Oriental, là où elle a mangé la veille avec le paléontologue : un bâtiment carré, couleur sable, aux dentelles sculptées dans un style arabique. Le portail de l'entrée principale vient d'être ouvert par le gardien de nuit du parc. En trottinant, elle le salue, mais à ce moment-là un mouvement capte son attention de l'autre côté de la route : entre les barreaux de l'enceinte, elle distingue deux malabars qui tabassent un pauvre gars. Elle parcourt la boucle du parc, et recommence. Et pendant toute sa course son rêve lui revient par bribes et elle se souvient alors qu'elle était au bord d'un feu avec d'autres femmes et que l'une d'elles s'est levée et a raconté la légende du Poisson…

– 5 –

LA LÉGENDE DU POISSON

Un jour, une jeune femme se rendit à la rivière loin de son village pour se laver. Elle s’assura d’être bien seule, se déshabilla et plongea dans l’eau. Elle y resta un long moment, jouant joyeusement avec la force du courant, quand soudain elle entendit : « Hello belle déesse, tes courbes sont celles d’une sirène, ta peau est aussi fine et délicate qu’un fruit interdit ! Quel est ton nom ? »

Elle sursauta et observa la berge attentivement, mais personne ne s’y trouvait. Puis la voix se fit entendre une nouvelle fois : « Ta beauté est aussi douce et apaisante qu’un lever de soleil. » Ce qui la fit rougir. Elle sourit et se replongea dans l'eau jusqu'au cou. L'eau calmée, elle sentit une caresse sur ses chevilles tandis que lui étaient susurrées des paroles d'une douceur inconnue. Elle s'écria :

– Comme tu es petit et charmant, je n'avais encore jamais rencontré un poisson qui parle !

Il répondit :

– Je ne suis pas qu'un poisson, regarde tout l'amour que j'ai pour toi ma douce, je t'aimerai à jamais, accepte mon amour.

Dès lors, chaque jour qui suivit leur rencontre, la jeune femme s'en alla religieusement se laver seule à la rivière, dans le seul but de rencontrer son tendre amour. Le lien qui les unissait devint si intense et passionné qu'elle se lavait dorénavant deux fois par jour. Lui devenait de plus en plus inventif, attentif, aimant. Mais un jour, elle arriva, très triste.

– Je ne peux plus vivre sans toi, je vais me construire une cabane ici au bord de la rivière, comme cela on se verra le plus souvent possible.

Cette nouvelle le rendit fou de joie. Mais loin de son village, très vite le comportement de la belle changea, elle n'était plus la même. Le petit poisson pensa néanmoins qu'elle était prête pour un ultime geste d'amour et un matin, il l'appela pour la réveiller avant le lever du soleil. Il eut beau crier fort, rien n'y fit, et il dut patienter. Lorsque enfin elle le rejoignit, il était fâché :

– Tu vois, je n'arrive pas à te parler quand je veux, tu devrais dormir dans l'eau avec moi !

Elle réalisa que malgré tous ses efforts, elle ne serait jamais assez proche de son amour. C'est alors que, d'un ton autoritaire, il lui dit :

– Prends-moi dans tes mains et aspire-moi, je vivrai ainsi avec toi dans ton corps qui est fait aux trois quarts d'eau.

Elle éclata de rire, mais plus les heures passèrent, plus elle considéra cette idée sérieusement.

En fin de journée, elle retourna dans l'eau pour lui parler. Il prit la parole le premier.

– On s'aime tellement, réfléchis, je serai toujours avec toi, je pourrai te parler quand je veux, ce sera fabuleux ô ma douce sirène !

Elle fut séduite par ses derniers mots, et prit sa décision.

Le lendemain, au lever du soleil, elle se mit donc toute nue et plongea dans l'eau. Sa peau frémit au début comme à chaque fois, puis il commença à lui caresser les chevilles en silence, ce qui la fit rougir. Mais ensuite, il lui demanda de sa voix suave :

– Mon amour, prends-moi dans le creux de tes mains avec de l'eau et bois, je vais nager aussi vigoureusement que possible jusqu'à ce que je trouve ce qu'il me faut.

Elle obéit sans broncher. Elle le sentit descendre dans sa gorge et sauter jusque dans son estomac.

Les semaines qui suivirent, elle les passa au village où elle reprit sa vie d'avant, sauf que maintenant, elle était lumineuse et amoureuse. Mais elle ne confia son histoire d'amour à personne. Ils arrivaient à se parler la nuit, le jour, au lever du soleil, à tout moment. C'était magique.

Après quelques semaines de ce secret bonheur, un beau matin, elle sentit un point de douleur dans son ventre, qui alla s'intensifiant les jours suivants. Elle était devenue silencieuse, il lui demanda pourquoi et elle évoqua ses douleurs. Il lui répondit que c'était normal, qu'ils étaient deux dans un seul corps, mais qu'il l'aimait si passionnément… Le mal continua d'augmenter et un jour, n'en pouvant plus, elle lui demanda pourquoi il lui faisait si mal.

– Ce n'est pas moi ! Pourquoi te ferais-je du mal, ma déesse ? Ce ne sont que mes nageoires qui ont grandi et qui touchent maintenant la paroi de ton estomac… Mais ce n'est pas ma faute, crois-moi mon amour de sirène !

Elle se sentit rassurée et aimée malgré tout. Désormais, elle ne se rendait plus que quelques fois par mois à la rivière, parce que marcher lui faisait très mal.

Il arriva ainsi qu'un jour, ne supportant plus la douleur et au bout de ses forces, elle cria :

– Je ne peux plus chasser, ni travailler et encore moins aller me baigner ! Sors de moi, je t'en supplie !

Il rentra alors dans une rage folle et se retourna plusieurs fois en elle, il était devenu si grand qu'elle se roula de douleur et perdit connaissance.

Lorsqu'elle se releva péniblement, elle l'entendit qui se lamentait :

– Pourquoi me fais-tu cela ? Tu crois que c'est amusant ici ? Je ne peux plus voir le lever du soleil, il fait nuit tout le temps et tu dis que je te fais mal alors que je t'aime comme au premier jour et que j'ai fait tant de sacrifices pour vivre dans cet espace si petit !

Les mois suivants furent difficiles, elle était devenue prisonnière de son propre corps et ne pouvait plus se déplacer. Elle avait cessé de lui parler. Et lui aussi.

Cela dura jusqu'à ce qu'un jour, ne supportant plus cette situation, elle décide que cela ne peut plus continuer ainsi et arrête de boire de l'eau. Au troisième jour, après le coucher du soleil, il mourut. Elle le pleura durant des mois, le porta encore pendant des lunes en elle, jusqu'à ce qu'il retourne à la terre naturellement.

Quand un matin, elle se réveilla enfin libre, délivrée de la douleur à laquelle elle était habituée, elle était dans un état d'euphorie avec l'impression de pouvoir s'envoler, danser. Plus légère que jamais, elle sautillait en se déplaçant et ce même jour en fin d'après-midi, elle se rendit à la rivière se laver pour la première fois depuis des mois. Elle sentit l'eau la caresser à nouveau, elle ferma les yeux, et des larmes de joie coulèrent doucement sur son visage. Elle remercia le soleil qui se couchait, l'eau qui la caressait et le ciel pour son existence. Soudain elle ressentit un amour plus grand encore que celui qu'elle avait éprouvé jusqu'ici, et se retrouva transportée dans un océan sans fin. Une voix aimante s'éleva : « Tu n'as pas de limites, alors ne te limite pas, tout est Amour. » Elle rouvrit les yeux, le soleil était plus orangé encore, il lui offrait toute sa beauté et sa chaleur, au fond de son cœur et de son âme elle comprit…

Les jours suivants, elle retourna religieusement se laver au coucher du soleil et laissa les petits poissons lui caresser les chevilles. Ils se faisaient chaque fois plus nombreux en lui murmurant des mots doux. Elle les taquinait tout en faisant très attention à ne pas en avaler un…

Chaque jour qui passait, son amour pour le soleil grandissait, et elle ne manqua désormais plus un seul coucher de soleil. La journée, elle n'avait qu'à lever les yeux pour sentir l'amour du ciel qui n'avait pas de limite. Jusqu'au jour où, après bien des lunes, elle se rendit comme à son habitude en fin de journée à la rivière pour se baigner tandis que le soleil se préparait à disparaître. Mais il y avait quelque chose de différent : tout était très intense. Son amour pour le soleil fut si fort qu'elle sentit toute sa lumière l'envahir sans qu'il eût à entrer en elle, lui donnant un bonheur et une force inouïs. Elle comprit alors que le véritable amour est universel et qu'il n'implique pas d'envahir l'autre, de l'exiger tout à soi et de le faire souffrir en l'obligeant à renoncer à sa propre vie.

Après s'être souvenue de ce rêve, Pumilla cesserait de pleurer son grand amour espagnol.

– 6 –

LE COLIBRI S'EST ENVOLÉ

Au bout d'une heure, elle ressort du parc, troublée par la symbolique de son rêve. Tout est encore silencieux, le soleil vient de se lever. De l'autre côté de la route, une forme sombre gît sur le sol, le pauvre gars qu'elle a vu tout à l'heure se faire tabasser par les deux malabars ne bouge plus. Elle pensait poursuivre son chemin, mais plus elle prête attention à cet homme, plus elle croit reconnaître à qui appartient la touffe de boucles décolorées. « Non, cela ne peut pas être le professeur Gaston Rouices ! », se dit-elle. Mais lorsqu'elle reconnaît ses chaussures en cuir rouge, elle n'a plus de doute ! Elle s'approche, c'est bien lui. Elle lui relève la tête pour s'en assurer, ce qui déclenche chez lui un gémissement de douleur. Son bras droit est en sang, sa tête tuméfiée par de mauvais coups. Elle appelle immédiatement un taxi et avec l'aide du chauffeur, elle l'installe à l'arrière : direction l'hôpital… Elle le dépose aux urgences, remonte son capuchon et s'élance sur le trottoir. Elle a besoin de s'éclaircir les idées, elle rentre en courant. Son instinct de survie la chatouille, elle connaît cette sensation d'inconfort, ça l'irrite toujours autant, mais elle sait qu'en écoutant son instinct, elle ne se trompe jamais, une des raisons pour lesquelles elle est encore en vie aujourd'hui. Elle accélère pour enfin pousser la porte d'entrée de l'hôtel. Une heure plus tard, elle file à l'aéroport après avoir pris une douche. Sur place, elle appelle Nine. Celle-ci ne répond pas : « Elle dort encore cette marmotte », s'énerve Pum. Elle lui laisse ce message : « Prépare les sacs, départ imminent. » Dans le lobby d'Air Iberia, il n'y a que des hommes d'affaires affairés sur leur ordinateur. Elle branche son téléphone portable sur l'accoudoir du fauteuil. Elle n'est pas maquillée, ses cheveux en cascade sont attachés sur le sommet de sa tête et elle sourit lorsqu'elle aperçoit son reflet dans la vitre.

Quand son avion décolle de Madrid, elle est légère et guillerette, quelque chose en elle s'est libéré ! Elle a remarqué que la légende du Poisson ne quittait pas son esprit, comme la peinture *L'orchidée et le Colibri* qu'elle a souvent soupçonnée d'avoir une emprise mystérieuse sur elle.

Elle connaît les intentions de l'artiste d'y représenter l'origine de la vie. Mais les bons mots seraient plutôt le « sacré féminin ». Peut-être des mots trop osés pour un début du XIXe siècle puritain. Dans tous les cas : « Merci, merci. »

Le nez collé contre son hublot, à plus de deux mille cinq cents mètres d'attitude, elle réalise qu'elle a laissé sur place les cendres de son amour, les noirceurs et le résidu, les pleurs et la tourmente mais aussi leurs rires, leur amour lorsqu'il était pur et si beau… Et elle s'envole habitée d'une énergie nouvelle. « La boucle est bouclée. » Le colibri s'est envolé.

De retour en Suisse, Dolce lui fait la fête. Nine, pour sa part, a sorti tout le matériel pour les sacs de départ. Il est bien répertorié par fonctionnalité et étalé sur le sol de la cabane.

– Bon, assieds-toi, dit Nine, je fais un thé et tu me racontes tout dans les plus petits détails, Ok ? Et ne me dis pas que tu ne l'as pas vu !

– Qui ?

– Arrête, je deviens folle quand tu fais ça ! Gonzi of course !

– Lui, non (elle se met à rire), mais attends de connaître la suite !

La nuit commence à tomber lorsqu'elle finit de lui révéler ces quarante-huit heures à Madrid. Nine serre sa tasse de thé entre ses mains, les yeux écarquillés, tout excitée.

– J'ai mille questions. C'était qui ces malabars ? Et le professeur, il s'est remis ?

– Pour l'heure j'ai une bonne nouvelle : on part demain avec l'avion du soir direction New Delhi !

– Quoi ? On ?

– J'ai oublié de te le dire… Ah oui maintenant, je me souviens ! C'est que tu dormais… Ma cheffe au Nat Geo m'envoie dans le Gobi pour en savoir plus et j'ai besoin d'un assistant et d'un photographe. Dépêche-toi de faire tes valises…

– 7 –

INDE DU NORD

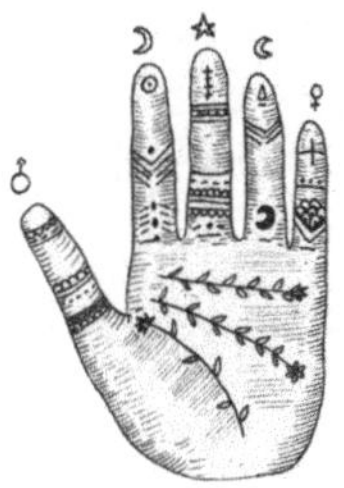

Elles atterrissent après un long vol de nuit. Comme prévu Prasenji, son collègue photographe au Nat Geo, les attend avec un petit panneau où sont inscrits leurs noms. Dès qu'il les aperçoit, il s'avance et prend Pum dans ses bras.

– Ça fait trop longtemps, sister ! Toujours autant la forme ma chère Pumilla.

– Et moi ? demande Nine en poussant le chariot où sont entassés tous les sacs d'expédition. Je suis apparemment beaucoup moins lumineuse, marmonne-t-elle.

– Nine, ordonne Pum, tu peux amener les bagages à l'hôtel de l'aéroport et prendre les chambres. Moi je vais manger avec Prasenji !

On n'a que vingt-quatre heures pour tout mettre en place.

– *Of course !* À votre convenance, milady !

Pum secoue la tête en s'éloignant au bras de son ami.

– Avant de tout organiser, il faut que je t'annonce une grande nouvelle, commence Prasenji. Je sais que tu harcèles ma mère pour sa recette de chai[5] depuis des années…

– Ah ça oui, voilà presque sept ans pour être précise !

– Figure-toi qu'elle est d'accord pour te la donner.

Un peu surprise et ne sachant quoi répondre, Pum remercie poliment.

– Pour ce faire, elle veut te montrer comment le préparer correctement.

Pum éclate de rire, sachant que les parents de Prasenji habitent dans le nord du pays, au pied de l'Himalaya, dans une plantation. C'est là que la passion du jeune homme pour la photographie a commencé : en immortalisant les tigres du Bengale qui visitaient l'orangeraie avant le lever du soleil…

– Te souviens-tu de mon ami d'enfance Nazir ?

– Oui ! Celui qui a fait fortune au début d'internet.

– Eh bien il me devait un petit service, j'ai donc un avion qui part demain matin à 6 heures, il me le prête pour vous emmener.

5. Thé à base d'épices.

– Mon Dieu ! Tu es sérieux ? C'est incroyable ! Je vais enfin voir ta ferme d'oranges et tes parents. Je file, alors ! Vu ces nouveaux rebondissements, il faut que j'annonce tout ça à Nine et je vais l'aider à régler les derniers détails. Merci, merci, brother, à demain matin ! hurle-t-elle, euphorique, tout en s'éloignant.

– *At your service, milady !*

« Mais bon Dieu pourquoi ils m'appellent tous milady aujourd'hui ? »

À l'intérieur du petit engin les casques sont réservés au pilote et à son copilote. Vu le bruit qui règne à l'arrière, tout le vol se passe le nez collé à la vitre chacun de son côté.

L'atterrissage se fait sans encombre en fin de matinée comme prévu, sur le tarmac d'un aéroport d'un autre temps. La petite équipe est accueillie par le père de Prasenji qui attend son fils avec fierté, un domestique sur ses talons, et ce qui devrait être un officiel du coin, vêtu d'un uniforme à l'anglaise.

Une chaleur raisonnable étreint les nouveaux arrivants. Prasenji est silencieux, mais il affiche un magnifique sourire qui en dit long. Après bien des années de galère, il est aujourd'hui reconnu comme le photographe spécialiste de l'Inde au

National Geographic. Pumilla a fait partie d'un mini-programme de mentorat pour Prasenji lorsqu'il est fraîchement arrivé au NG. C'était il y a bien des années et leur amitié a survécu au temps, elle est très heureuse de le revoir dans son pays.

La propriété familiale est spacieuse, les murs sont peints en rouge ocre foncé, le sol est composé de planelles aux couleurs disparates. Tout raconte une histoire. Les voûtes des terrasses sont délicatement ajourées, permettant à la lumière de dessiner un espace intimiste tout en gardant le soleil à distance. À l'extérieur, une fontaine apporte de la fraîcheur, agrémentée d'un surplomb composé de différentes plantes grimpantes tropicales. En dessous, des hamacs en macramé blancs attendent patiemment leurs futurs occupants. Le bâtiment principal domine la plantation et offre au visiteur une vue à couper le souffle sur des alignements d'orangers à perte de vue. Les troncs épais laissent à penser que l'arrière-grand-père a dû planter chacun de ces arbres à la main. Le début de la végétation luxuriante marque la limite ouest de la propriété tandis qu'en contrebas, un ruisseau délimite la frontière sud…

Une femme en sari vert pomme incrusté de paillettes argentées les reçoit, elle répond au nom de Ritaya, elle a les larmes aux yeux, prend la tête de son fils entre ses mains et l'embrasse sur le front. Prasenji s'incline, il est différent, presque timide. Nine, qui vient d'une très grande famille où tout le monde est très proche, s'interroge : « Cela fait combien de temps qu'il n'a pas vu les siens ? » Les retrouvailles sont arrosées de thé accompagné de galettes sucrées délicieuses. Prasenji converse avec son père en prenant des nouvelles de la famille et des gens du village. La maîtresse de maison, d'un simple regard, demande à Pum de la suivre à l'intérieur, et l'invite à prendre place dans une sorte d'alcôve taillée dans un bois précieux et encastrée dans le mur. Pumilla s'y installe en tailleur. Ritaya allume une bougie sans dire un mot, repositionne son sari qu'elle replie sur ses jambes et sourit. Une douce énergie bienveillante se dégage de cette mère, l'air est saturé de bois de santal avec une touche de masala qui s'échappe des casseroles sur le feu et bien d'autres odeurs d'épices qui se bousculent dans l'air. Ritaya prend la main de Pum et la retourne à plat, pour en observer attentivement la paume, puis se met à chantonner à voix basse, les yeux fermés, ce qui doit être un mantra, pense Pumilla. Quelques minutes se sont écoulées lorsqu'elle rouvre les yeux, la fixe d'un regard absent, puis nerveusement, de sa main droite replace le sari sur ses cheveux. D'un ton autoritaire et d'une voix grave elle poursuit :

« Après la douleur apparaît notre humanité. »

Elle hésite puis après un long silence continue.

« Ta volonté face à la souffrance est ta force aujourd'hui. »

« Ton cœur s'est brisé, mais c'était la seule façon de voir ce qui s'y trouvait. »

« Tes reins sont fatigués de porter ton sac à dos, mais tu connais maintenant la beauté de dormir sous les étoiles. »

« Tes yeux sont ridés par tant de déserts traversés, aujourd'hui le silence est ton ami. »

« Tes jambes ont souffert de tant de kilomètres parcourus, mais les lieux que tu as découverts et les leçons vécues sont inconnus de beaucoup. »

« Tu es recouverte des tatouages invisibles de la vie ma fille, ton âme est ancienne. »

Ritaya reste un moment immobile avant de se relever, éteint la bougie d'un geste rapide en étouffant la flamme entre son index et son pouce et s'affaire comme si rien ne s'était passé.

Pum est un peu sous le choc, il lui faut quelques secondes pour reprendre ses esprits, elle l'a définitivement prise par surprise, elle qui croyait parler de thé. Mais elle adopte la même attitude impassible que Ritaya et l'interpelle en souriant :

– Ce qui me ferait vraiment plaisir, ce serait d'apprendre à faire un chai !

Et elle s'entend répondre froidement :

– Ma recette te sera donnée en temps voulu. Pour l'heure, j'ai du travail, file et ne parle à personne de ce qui s'est passé ici.

Ritaya termine sa phrase en claquant la langue. Pum la dévisage avec des yeux pleins de malice accompagnés d'un large sourire, joignant ses mains sur sa poitrine pour la remercier. Elle s'éloigne en pensant que l'Asie lui a manqué, avec ses odeurs, ses croyances et ses valeurs baignées de mystères. Mais qui est vraiment Ritaya pour percevoir ainsi le fil de sa vie et ses douleurs ? Elle retourne sur la terrasse, ses pieds nus s'attardent sur la fraîcheur que les dalles du sol dégagent. Les mots de la maman de Prasenji résonnent encore en elle et sans prévenir une douce vague d'un amour intime et universel à la fois l'envahit de la tête aux pieds. Elle s'arrête aussitôt, respire pour savourer ce cadeau « Merci, merci. »

Un peu partout en Asie, les gens dorment dans la même pièce, ce qui est le cas ce soir-là… Nine se glisse dans son sac de couchage à côté de Pum et lui adresse un clin d'œil en pouffant :

– Que ta nuit soit longue milady !

Elle reçoit une grimace en retour. Nine sait que Pum ne supporte pas très bien cette promiscuité. Elle raconte souvent que son exploratrice ne partage son espace avec un homme que s'il est un tant soit peu captivant avec une voix grave et une odeur corporelle identique à l'eau claire d'une cascade.

Il n'y a pas d'autres raisons pour que Pum partage sa couche et encore moins son espace, exception faite pour son chien Dolce, bien entendu.

Une heure après, plus personne ne bouge dans la maison, sauf Pum qui a toujours les yeux grands ouverts. Elle se lève et se glisse à l'extérieur du bâtiment sur la pointe des pieds, son sac de couchage sous le bras, puis s'installe sur la terrasse dans un des hamacs. Ce soir-là, elle se laisse bercer par les bruits de la nature, sous les étoiles de cette nuit claire et magnifique au pied des montagnes du nord de l'Inde. L'air est presque frais, en contraste avec la chaleur de la journée. Comme elle aime ce moment d'inversion où la nuit nettoie toutes les impuretés de l'activité humaine ! Elle remonte le haut de son sac de couchage sur son visage pour éviter les moustiques et s'endort comme un bébé.

À 4 heures du matin, les premiers oiseaux commencent à raconter des histoires et pourtant la nuit est encore là, bleu foncé… Mais à chaque minute qui s'écoule, le ciel se teinte de points plus lumineux. Pum ne se lassera jamais de ce moment ! Elle est en extase devant ce renouveau. Imaginer le miracle d'un lever de soleil à l'échelle de l'Univers ! Elle enfile ses chaussures qui sont restées sur les marches de la terrasse, et se fond dans ce matin précoce. Elle marche doucement et consciemment, absorbe la fraîcheur, les sons, les énergies qui naissent, la beauté des couleurs, caresse avec sa main gauche les troncs d'arbres sur son passage. Après une vingtaine de minutes elle découvre une petite clairière au milieu de la plantation avec un arbre bien plus grand en son centre. Un petit autel d'offrandes modeste y est accolé, composé d'un pilier avec une plateforme peinte en blanc où sont posés des bâtons d'encens, des fleurs, quelques grains de riz, une image encadrée blanchie par le soleil. L'exploratrice en a déjà vu de semblables un peu partout en Asie. Sous cet arbre majestueux aux feuilles vertes luisantes, un hamac en tissu délavé par le soleil est suspendu. Voilà une invitation en bonne et due forme, se dit-elle en s'y installant. Les mélodies provenant d'oiseaux différents forment un orchestre matinal de haut vol pendant que des chants d'insectes arrivent par vagues. Ces mélodies familières l'emportent rapidement dans un sommeil profond et serein. Voilà plus d'une heure qu'elle s'est endormie, quand soudain les oiseaux cessent leurs refrains et les insectes se taisent d'un seul coup, comme si un chef d'orchestre leur avait ordonné de le faire. Elle se réveille aussitôt en alerte, elle a été entraînée ainsi, son instinct est aussi aiguisé que celui d'un vieux renard : elle a parcouru cette planète depuis plus de vingt-cinq ans seule et à pied. Elle a dormi plus de la moitié de sa vie dans la nature en expédition. Ce silence soudain signifie qu'un danger approche, elle sait que la Nature a toujours raison. Elle reste aux aguets, enfoncée dans son hamac. Elle ne peut pas voir ce qui se passe aux alentours : les parois latérales en tissu du hamac lui bouchent la vue. Tout à coup, elle a la sensation que quelque chose se rapproche. Elle fait mentalement une liste des animaux envisageables : singe ? chien ? Ce doit être le chien de la maisonnée qui fait sa tournée matinale, se dit-elle. Au même moment, elle sent quelque chose frôler le dessous du hamac. Possible : le hamac lesté de son poids est approximativement à la hauteur d'un grand chien. Quelque chose vient de bouger sur sa gauche, mais voilà qu'elle aperçoit le bout d'une queue poilue rayée noir et beige qui se balade dans les airs juste à côté de sa tête. Elle reste figée sur place, est-ce possible ? L'histoire de Prasenji qui photographiait des tigres du Bengale lorsqu'il était enfant lui revient à l'esprit. Oh mon Dieu ! Elle sourit, aurait-elle cette chance ? Elle se concentre et lui envoie un message mental de bienvenue. Et le voilà qui se frotte à nouveau le dos sous son hamac… Cette danse se poursuit quelques instants avant que les oiseaux reprennent leurs chants du matin… Elle sait alors qu'il est parti.

Sur le chemin du retour, elle voit un individu sortir de la maison, enveloppé d'une cape brune discrète qui lui tombe jusqu'aux chevilles, et dont la grande capuche couvre sa tête ; il s'éloigne ensuite sur la piste qui monte derrière la propriété, tandis qu'un son de ferrailles que l'on entrechoque attire l'attention de Pumilla. Le bruit la guide jusqu'à la vieille grange derrière le bâtiment principal. Nine et Prasenji s'y trouvent déjà. Celle-ci a du cambouis sur les joues et un sourire qui illumine son visage.

– Tout roule à ce que je vois ! l'interpelle Pum.

– Prasenji a enfin trouvé une experte pour réparer ce taco, s'exclame Nine en se redressant avec fierté. Puis elle ajoute en hurlant : Au fait, avant que j'oublie, il y a un mot pour toi sur la table de la cuisine !

Le marteau dans sa main droite, elle martyrise ce qui doit être l'entrée d'un carburateur.

– Bonne chance à vous deux ! lance Pum en s'éloignant. Elle trouve le mot sur le coin de la table et lit :

« *Meet me at the top of the the Goat Pass and bring three liters of water. Ritaya*[6] »

Elle retourne à la grange pour avertir les « mécanos » qu'elle a un rendez-vous au col de la Chèvre. Nine sort brusquement de derrière un vieux tracteur rouillé, essuie ses mains sur sa salopette et la regarde avec suspicion, les sourcils froncés.

– Tu vas faire quoi là-haut ?

---

6. Retrouve-moi au sommet du col de la Chèvre et apporte trois litres d'eau.

– Je dois livrer de l'eau apparemment, de toute façon on ne part pas avant demain midi, donc…

– Attention, intervient Prasenji en riant, ma mère va t'embarquer dans un de ses plans bien à elle !

– De quoi parles-tu ?

Il baisse alors simplement les yeux en guise de réponse, comme le font les gens d'ici.

– Le col de la Chèvre est à trois heures de marche au nord. Tu prends la route de terre derrière la maison, elle va devenir plus étroite au fil des kilomètres et finira par être un sentier. Tu le suis jusqu'à ce que tu rejoignes une sorte de tour faite de pierres entassées, puis tu prends le sentier de droite et tu y arrives. Habille-toi bien, il y a un vent fou là-haut !

La voici donc en route pour le col de la Chèvre. Elle apprécie chaque pas, la marche est pour elle une forme de connexion subtile avec la Nature. Il n'y a pas une marche mieux ou moins bien qu'une autre, le mystère de la libération de l'esprit sur le corps se trouve simplement dans le mouvement qui relie un pas au suivant. Ces mots ont un sens particulier pour elle, plus profond, sachant qu'elle a parcouru l'équivalent du tour de la Terre en marchant. Elle traverse avec curiosité des petits hameaux en terrasse où la fumée des foyers s'échappe à la verticale, mais bientôt les habitations se font rares, l'air est plus frais et le terrain désormais très escarpé. La route en terre s'est arrêtée et laisse place à un sentier exigu qui la conduit en zigzaguant sur un replat où se trouve une tour de pierre remplie de drapeaux de couleur. Elle s'arrête un instant et admire la vue, puis vire à droite, suivant à la lettre les instructions de Prasenji. Elle comprend maintenant la signification du nom du col. Des dizaines et des dizaines de minuscules sentiers de chèvre se croisent et s'entrecroisent pour se rejoindre quelques centaines de mètres avant le sommet du col, sur le replat, entre les reins des deux montagnes. Comme l'a dit Prasenji, ce plateau est très venteux. Mais si le vent l'accueille de plein fouet, la vue est stupéfiante. Elle aperçoit un cairn géant à deux cents mètres, s'en approche, en fait le tour et se retrouve nez à nez avec un homme à la longue barbe jaunâtre, assis en tailleur et drapé dans une cape brune. Il a la peau sur les os. Son regard est glacial, elle le salue mais ne reçoit aucune réponse. Soudain Ritaya surgit de derrière la butte de pierre :

– Tu es en retard ! lui lance-t-elle en guise de bienvenue.

Pum la regarde et comprend que c'est une plaisanterie. Ritaya affiche son sourire bienveillant et, la prenant par le bras, lui dit :

– Viens que je te présente un vieil ami.

Elles s'asseyent en tailleur à côté du vieil homme et Ritaya sort du bois sec de son baluchon. À cette altitude tout est désert, l'herbe à ras du sol a été dévorée jusqu'au dernier brin par les chèvres, le bois est inexistant, le vent court sur les courbes nues de ce paysage qui paraît sans vie. Ritaya s'affaire à préparer un feu. Elle arrange quelques pierres en cercle et une fois que les flammes dansent, dépose sur le foyer une théière en aluminium comme on en voit partout en Inde avec un long bec recourbé.

– Vite, donne-moi l'eau que tu as apportée, Pum !

La théière pleine, l'homme en tailleur se met à fredonner des mots incompréhensibles.

– C'est l'heure de ma leçon de thé ? demande Pumilla.

Mais étonnamment, Ritaya imite le vieil homme. À chaque fois que Pumilla essaie de les interrompre pour en savoir plus, elle la réprimande avec de grands yeux fâchés accompagnés d'un « chut ! » autoritaire.

Elle se met alors à regarder le feu danser, et la vue qui est magnifique. Ritaya sort des petites flasques avec plusieurs sortes de thé et d'épices qu'elle passe une à une au vieil homme qui souffle sur chaque flacon les yeux fermés. Ça dure à n'en plus finir. Pum, frigorifiée, se lève pour prendre congé, lorsque le vieil homme ouvre ses yeux, qui ressemblent drôlement à ceux d'un lézard, pense-t-elle. Il la fixe et, dans un anglais parfait, lui ordonne de s'asseoir. Une rafale de vent glacial accompagne ses paroles, elle s'exécute et se rassied. Quelques secondes plus tard, elle se dit que le lézard parle drôlement bien l'anglais.

Ritaya retire enfin du feu l'eau qui frémit et fait un mélange de tous les ingrédients qu'elle a placés devant elle. « Qui sait s'il n'y a pas des yeux de chauve-souris dans une de ces flasques », se dit Pum en souriant. Le thé est enfin prêt, l'odeur est épicée et douceâtre. Ritaya sort de son sac un gobelet en métal avec un manche droit et y verse le thé, qu'elle laisse tomber de plus en plus haut, pendant que le vieil homme ne cesse de répéter des paroles étranges en haussant la voix et en accélérant le rythme. Il est désormais en transe, pense Pum. C'est à ce moment-là qu'elle estime que rien de tout cela ne la concerne, et avec un sourire, elle accepte la petite tasse de thé que Ritaya lui tend enfin ; elle décide de la boire aussi vite que possible pour filer avant que la nuit tombe…

À peine a-t-elle absorbé le liquide que sa vision devient floue : elle voit le visage du vieil homme à quelques centimètres d'elle, il la fixe de ses grands yeux de lézard qui lui semblent d'une profondeur abyssale. Elle a une envie folle de se plonger dans ce regard et d'y nager à l'infini, enfin libre de tout. Elle sent les mains attentives de Ritaya qui l'aide à s'allonger au sol, son corps ne répond plus…

Mais dans sa réalité elle se sent si bien, un sourire se forme sur son visage, elle est transportée dans un magma d'un blanc laiteux aux reflets couleur arc-en-ciel, comme celui de la pierre de lune. Une voix douce et grave lui parvient alors…

« Tu es née libre, tu es le vent. La liberté est ta force, le vent est ton protecteur, mais tu es aussi habitée par la force et la détermination du puma… Tout possède une faiblesse, comprends que le vent meurt s'il se fait enfermer ou capturer. Il est sans limite, peut jouer avec les nuages et faire danser les dunes, il voyage sans effort, la terre et le ciel sont sa maison. »

« Tes alliés sont ceux qui ont besoin du vent pour s'élever, de liberté pour vivre. Tes ennemis sont ceux qui ont compris ta force et ta puissance, éloigne-toi de ce qui peut être une prison en tout genre. »

« Les forces négatives peuvent te voler ta divinité si ton secret est prononcé par ta voix à l'air libre. »

Et sur ces derniers mots, la voix se tait.

– Ma fille, ajoute maintenant Ritaya, tu seras toujours au bon endroit, tout doit passer par ton cœur et ton instinct, mais ne lutte pas contre ton destin. Tu as une mission, c'est ton devoir de l'accomplir… Et ne parle jamais à voix haute de ceci à personne, jamais.

Pum ouvre les yeux, elle est désorientée, elle a froid, ses yeux brûlent, son corps est raide. Le jour commence à se lever. Il ne reste que quelques braises mourantes dans le petit cercle de pierres. Elle est seule. Doucement, elle reprend ses esprits : la vue est sublime, le vent dort encore, il n'y a aucun bruit. Elle a du brouillard dans la tête et se sent lourde, avec un goût amer qui traîne au fond de sa gorge. Soudain, un mouvement sur sa droite la fait sursauter. Un grand rapace est posé à côté d'elle sur le sommet du cairn, il scrute l'horizon. Bien qu'à deux mètres d'elle, il ne lui prête aucune attention. Comme elle, il regarde le jour se lever…

Quelques bribes de phrases prononcées par le vieil homme à la barbe jaune lui reviennent à l'esprit :

« Tes alliés sont ceux qui ont besoin du vent pour s'élever, de liberté pour vivre. »

« Les oiseaux », murmure-t-elle en contemplant le rapace. Il la regarde maintenant comme s'il avait attendu qu'elle comprenne et s'élance dans le vide en ouvrant ses grandes ailes majestueuses. Elle ne le quitte pas des yeux jusqu'à ce qu'il s'enfonce dans le halo du soleil levant.

Elle arrive juste à temps pour la collation du matin. Tout le monde est assis en tailleur à manger des légumes froids sortis des jarres en céramique, de l'houmous et du pain plat fraîchement cuit et parsemé de graines de cumin qui embaument l'air. Nine est la première à entendre ses pas, elle commençait à s'inquiéter. Prasenji fixe sa mère d'un regard noir réprobateur. Sans dire un mot, celle-ci se lève et invite Pumilla à les rejoindre en allant chercher un jeu de bols supplémentaire. Nine en profite :

– Tu étais où ? tu aurais pu m'avertir que tu partais pour y passer la nuit ! Tu n'as même pas pris ton sac de couchage ! Qu'est-ce qui ne tourne pas rond chez toi ?

Avant que Pum puisse répondre, Prasenji prend la parole en souriant :

– Elle est là et apparemment en pleine forme, de quoi t'inquiètes-tu ?

Nine n'insiste pas, mais un « scan » rapide de son amie l'informe qu'elle est loin d'être en forme olympique. Elle décide qu'elle tirera cette affaire au clair plus tard et la dévisage du coin de l'œil. Quelques minutes plus tard, elle remarque que Pum pose le nez au-dessus de son thé avant de le boire… Elle a cette habitude avec les aliments, mais elle ne l'avait jamais vu faire ainsi avec son thé. « Étrange, se dit-elle. Quelque chose a dû se passer. »

La fine équipe quitte la table, ensemble. Le papa de Prasenji leur souhaite un bon vol. Il remet à son fils un petit baluchon enveloppé d'un tissu de couleur soigneusement attaché sur le sommet.

– Tu auras besoin de ceci mon fils, n'oublie pas que tu es le « maître » de la famille, et si mon père était encore avec nous, il serait fier de toi aussi.

Prasenji s'incline en acceptant le paquet et prend son père dans ses bras. Leur échange se poursuit alors dans une langue que Pum ne reconnaît pas.

– 8 –

MONGOLIE

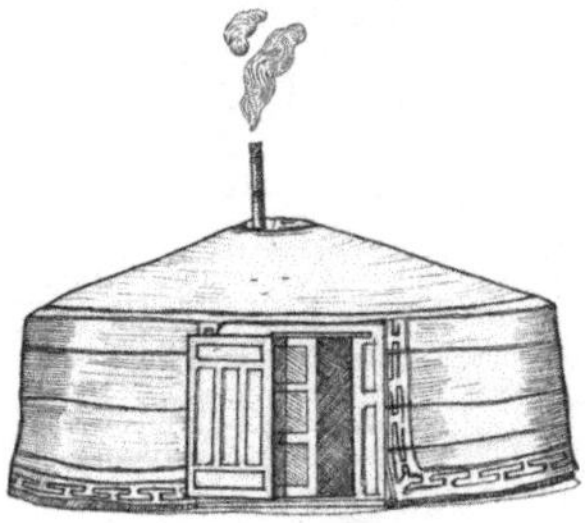

Il fait déjà nuit lorsque le vol JAL 568 atterrit à l'aéroport d'Oulan-Bator. Pumilla est silencieuse, elle reconnaît les habits traditionnels et les corps solides des Mongols qui s'agitent à la collecte des bagages et murmure : « *Here we go again!* »[7] Mais cette fois c'est différent, elle ne subira plus les cow-boys de la steppe. Elle maîtrise la langue, même s'il lui faudra certainement une bonne semaine pour se rafraîchir la mémoire. Le mongol est loin d'être une langue facile. Malgré tout, l'exploratrice semble inquiète, elle regarde à nouveau son téléphone. Dans le hall d'arrivée, aucune tête ne lui est familière… « Il est encore en retard », pense-t-elle simplement.

7. Nous y voilà à nouveau !

L'équipe passe la douane et arrive dans le hall de sortie où le chaos règne. Elle observe du coin de l'œil Prasenji qui fait comme chez lui et Nine qui a les yeux qui lui sortent de la tête ! Elle joue des coudes en rassemblant les grands sacs d'expédition étanches de couleur qui contiennent tous du matériel indispensable et précieux : pompe à eau, téléphone satellite, casseroles en titane, bâtons de marche, etc. Le tout étant soigneusement rangé. Elle se fait bousculer par quelques malabars mongols et leur hurle dessus : « Non mais, un peu de politesse ! » Ce qui lui vaut des regards noirs… Pum sourit. Elle croit se voir il y a bien des années de cela lorsqu'elle est arrivée en plein hiver mongol : le thermomètre affichait alors trente-trois degrés en dessous de zéro. C'était bien avant de connaître les us et coutumes de ce peuple qui n'a pas grande idée de ce que représente le respect de la sphère privée ou des objets personnels.

L'équipe arrive enfin à l'hôtel, Pum a insisté pour descendre au Kang. C'est le seul endroit qui sert des spaghettis à la tomate dans toute la ville, le reste de l'alimentation de ce *people* est fait principalement de viande, or Pum est vegan. Elle regarde son téléphone discrètement, mais elle n'a reçu aucun message. Les serrures des portes des chambres ont toutes des marques de défoncement. Au vu de ces nouvelles informations, Nine refuse de dormir seule. Elle s'installe donc sur le deuxième lit de la chambre de Pum. Prasenji sourit, il est heureux de faire partie de cette équipe et lance un : « Spaghettis pour tout le monde ? » Et après avoir reçu une confirmation à l'unisson, il descend passer la commande. En principe, il aurait pu utiliser le téléphone en chambre mais le câble de connexion pend dans le vide : au mur il n'y a aucune prise.

Une heure et demie plus tard, un poing frappe si fort à la porte qu'elle s'entrouvre. Le serveur, qui ressemble à un sumo selon Nine, dépose sans un mot les trois plats de pâtes avec ce qui paraît être du concentré de tomates au sommet de spaghettis gluants. Nine n'en croit pas ses yeux et interpelle Pum :

– Tu veux me dire que c'est pour ce plat que tu as choisi cet hôtel pourri ?

Pum s'abstient de mentionner que c'est le meilleur hôtel de la ville ; elle saisit sa fourchette et commence à enrouler les spaghettis qui sont bien entendu sans goût et sans sel.

– C'est froid ! s'exclame Nine exaspérée.

– Mange ! s'énerve Pum. C'est le meilleur plat que tu mangeras de tout ton séjour, ajoute-t-elle d'un ton sec.

Une fois leurs estomacs pleins, l'exploratrice recommande aux membres de son équipe de bloquer les portes des chambres et elle leur montre comment le faire : une technique qu'elle a mise au point dans un cas de force majeure. Cela la replonge dans des souvenirs qu'elle aurait bien aimé oublier. Elle regarde à nouveau son téléphone et cette fois Nine remarque sa frustration.

– Tu attends un appel de quelqu'un ?

– Oui, de mon ami Bat, je n'ai pas de nouvelles ni par mail, ni par téléphone, on va passer à son bureau demain matin à la première heure, on a besoin de lui.

Elle omet de lui indiquer que cela fait plus de trois semaines qu'il ne répond pas…

Cette nuit-là, eh bien le sommeil fut inexistant pour toute l'équipe ! Personne n'est arrivé à fermer l'œil. Ils ont écouté les bruits nocturnes du couloir qui semblaient suggérer une histoire avec des personnages inquiétants, comme dans un vrai bon scénario de film noir. Pum essaye pourtant de rassurer Nine en lui expliquant les habitudes de ce peuple, qui après un long et rude hiver, a pour habitude de faire la fête nuit et jour pour célébrer le renouveau, la bonne herbe, la survie du troupeau et tous les mariages possibles, etc. Cette situation n'a rien d'anormal, mais la violence de la langue, les pas dans le couloir accompagnés de cris, sans oublier les hurlements des chiens errants qui se sont regroupés sous leurs fenêtres ont été comme la goutte de trop pour les nerfs de Nine. Au lever du jour, elle se tient debout devant la fenêtre, à regarder les horribles bâtiments de l'ère soviétique, carrés, gris et englués dans le smog du jour d'avant qui ne s'est pas dissipé. Tout est gris, dehors comme dedans, les murs de la chambre, les portes, la moquette, le lit. Elle se retourne :

– Mais comment as-tu fait pour rester dans ce pays si longtemps ?

Pum se plonge quelques minutes dans ses souvenirs avant de répondre et sourit :

– Ma mission était très précise, comme la nôtre maintenant. Allez on bouge !

La petite équipe quitte l'hôtel à pied en se frayant un passage dans le trafic frénétique du matin, guidée par l'exploratrice. « Pum est aussi à l'aise en ville que dans la nature », pense Nine. Certains passants emmitouflés dans leur deel[8] dévisagent Prasenji ; il y a peu de personnes de couleur ici. Trente minutes plus tard, l'équipe s'engage dans une ruelle sans nom. La plupart des badauds paraissent ignorer leur présence, mais l'exploratrice sait très bien que c'est tout le contraire. Leurs yeux très bridés ne laissent échapper aucune expression et pourtant, ils fonctionnent aussi bien qu'un appareil photo en mode « rafale », et oublient rarement un visage. La pollution est toujours aussi présente malgré le froid piquant du matin. Le monastère bouddhiste Choijin Lama se trouve sur leur gauche, ils continuent : de

8. Long manteau traditionnel mongol porté avec une large ceinture.

la terre durcie fait office de chaussée comme dans beaucoup d'artères secondaires. Ici et là, la rue est parsemée de grandes flaques d'eau stagnante à l'odeur douteuse qui semble venir de nulle part et de partout à la fois. Pumilla sourit à la vue d'un bâtiment des années 1970 ; elle avance maintenant d'un pas généreux, son équipe sur ses talons. Ils s'engouffrent dans le parking de l'immeuble, qui est en fait un énorme carré vide de plusieurs étages, comme beaucoup de constructions de l'ère soviétique. Ils en ressortent et se trouvent dans la cour intérieure puis s'engagent dans un autre passage pour arriver devant une porte vitrée avec un cadre métallique ; un rideau en crochet jauni pend à la fenêtre supérieure.

– On est où ici ? demande Nine.

– Dans un café.

– Mais il n'y a pas d'enseigne, de nom, rien ?

– Non, comme dans la plupart des établissements publics en Mongolie.

– Mais comment tu fais pour le repérer ?

Sans répondre, Pum éclate de rire en poussant la porte qui ne manque pas de frapper la clochette suspendue à un talisman rouge.

Ce lieu n'a pas d'âme : il n'y a que quelques images d'un autre temps jaunies et décalées dans leur cadre fixé à différentes hauteurs ici et là. Un drapeau cubain et un autre mongol prennent la poussière à côté du portrait de Gengis Khan sur le mur du fond.

L'équipe prend place à une table.

– Il faut absolument que vous vous souveniez de ce café, insiste Pumilla, ce sera votre camp de base. Il n'y a pas de nom de rue ici, seules les artères principales en possèdent un, il est primordial de mémoriser les lieux.

– Mais pourquoi tu nous dis ça ? lui demande Nine à voix basse…

– Parce que nous allons devoir nous séparer en temps voulu. Toi et Prasenji, vous formerez une équipe. Mais si jamais cela arrive plus vite que prévu, souvenez-vous de ce lieu.

Ils la dévisagent, perplexes. Pumilla est déjà en train de parler au propriétaire au fond de la salle. Le café est discret et c'est pour cette raison qu'il est fréquenté. Nine remarque rapidement qu'autour d'elle il n'y a pas un seul Mongol.

– C'est étrange. Prasenji, tu m'écoutes ?

Celui-ci a déjà le nez collé sur les vieilles images qui ornent le mur derrière eux. Soudain, un homme se lève un peu précipitamment en raclant sa chaise sur le sol et s'écrie :

– Mon Dieu c'est bien toi ? Pumilla !

Pumilla se retourne juste à temps pour voir un homme élancé blond, sportif, la fin de la quarantaine aux yeux bleus, se jeter sur elle les bras grands ouverts. Il l'enveloppe de sa grandeur, en la serrant fort. Nine reste bouche bée devant cette scène, Prasenji rigole.

– Ah Pumilla, tu as sévi jusque dans les steppes mongoles !

Et il émet un petit son étrange : « tuit tuit tuit ! »

– Vraiment ? dit Nine en secouant la tête et en le fixant d'un regard noir.

– Vladi ! Mais qu'est-ce que tu fais là ?

– Ben, je construis des ponts.

– Tu veux me dire que tu n'es pas reparti d'ici ?

– En fait, les ponts faut les reconstruire tous les cinq ans avec la météo de fou qu'ils ont ici. Et puis tu me connais, après la Mongolie, les fêtes, la vodka, les siestes, je n'aurais pas pu me remettre au rythme russe.

– Tu es en poste ici en permanence ?

– Exact !

– Oui ça a du sens, tu parles la langue et tu connais bien les ficelles du système depuis le temps, j'imagine…

– Tu rigoles, je n'ai jamais pu apprendre cette langue.

– Tu plaisantes ?

– Pumilla Isquarm dans toute sa splendeur, tu sais qu'on t'appelle « *the ghost*[9] » ici ?

– Pourquoi ?

– Ah ah ah ! Allez tous à notre table, je vais vous raconter les aventures de madame Isquarm !

Nine et Prasenji se rapprochent, ainsi que quelques autres clients, et deux tables sont rapidement déplacées et ajoutées pour la représentation. Vladi a toujours eu le don de raconter des histoires, et pour l'occasion il se lève, pose son pied sur une

9. Le fantôme.

chaise tout en redressant le torse. Les secondes s'écoulent, il le veut ainsi, puis il passe sa main lentement dans sa barbe de quelques jours et de sa voix rauque commence…

– Il y a plus d'une dizaine d'années de cela, j'étais assigné avec une équipe à Dalandzadgad : point de départ pour le désert du Gobi. On est partis en direction de l'ouest où l'on s'est enfoncés en véhicule tout-terrain dans le désert sans croiser grand monde pendant des jours. Les tempêtes de sable nous ralentissaient. Puis un matin, on a dépassé une équipe de forage américaine qui nous a fait signe de nous arrêter. Les pauvres avaient besoin d'un vrai coup de main pour sortir une carotteuse qui venait de sombrer dans des sables mouvants. Il nous a fallu jusqu'à la fin de l'après-midi pour la sortir, et on a fini par camper sur place. Et le soir venu, au bord du feu, un Mongol de l'équipe nous a raconté la légende du *ghost* du Gobi. Il en tremblait encore…

» Un jour en s'éloignant pour aller uriner, il avait aperçu une femme blanche marchant seule au loin… Curieux, il prit son courage à deux mains et suivit ses pas. Arrivé à l'endroit où il l'avait vue, aucune trace ne figurait au sol. Elle s'était comme volatilisée… Cela n'avait aucun sens, le vent était pourtant tombé. Une semaine plus tard, dans un village au milieu d'une tempête de sable, elle a réapparu, puis, d'après les villageois, disparu à nouveau peu de temps après.

» Je dois interrompre l'histoire pour vous préciser que dans la culture mongole, lorsqu'un homme rencontre une femme blanche dans le désert seule, cela signifie que sa mort est proche, explique Vladi. J'ai demandé alors à ce pauvre bougre de me décrire le *ghost*, j'étais moi-même très intrigué. Celui-ci, contre toute attente, m'a décrit ma très chère amie et exploratrice Pumilla ici présente !

Et Vladi déclenche un de ses fous rires forcés… Pum secoue la tête avec un sourire complice. « Que ne ferait-il pas pour captiver son auditoire », pense-elle.

– Depuis ce jour-là, enchaîne l'orateur d'une voix théâtrale et posée tout en se tournant vers Pumilla, tu es devenue *the ghost of the Gobi*, ma chère !…

L'auditoire clôt cette « représentation improvisée » par une vague d'applaudissements non pas destinés à l'exploratrice mais bel et bien au conteur.

Celui-ci profite de la reprise des conversations des clients pour saisir Pum par le bras en faisant une petite diversion pour l'attirer un peu plus loin.

– Tu n'as pas changé, ma chère Pum… dit-il en la regardant droit dans les yeux.

– Eh bien toi tu as pris du ventre mon cher ! (Ce qui est loin d'être le cas.)

Elle s'abstient de préciser que ses yeux bleus sont toujours aussi pleins de passion. Il sourit tout en mordant sa lèvre inférieure. « C'est ça, c'est ça… », murmure-t-il doucement.

– Je viens te chercher à ton hôtel ce soir à 20 heures, sois seule sans chaperon. Souviens-toi, tu me dois un service, ce soir je récupère ma dette.

Elle n'a pas le temps de répondre. Pirouettant sur lui-même, il l'emmène avec lui et rejoint son public.

Il s'assied enfin et ajoute :

– Crois-moi, on parle souvent de toi avec Bat ! Tu es l'une des seules Occidentales à avoir compris cette terre. Les Mongols eux-mêmes ont peur de tes trucs… Ah ah, tu es bien plus maligne que nous tous réunis.

À ce moment-là, il la fixe d'un regard qui la transperce, ses yeux bleu-gris sont devenus soudainement aussi froids que le grand dzud[10]. Nine, qui n'a pas manqué une seconde de cette dernière scène, se lève et vient s'interposer.

– Désolée, dit-elle, mais là, on doit y aller, on va être en retard.

Vladi cherche le regard de Pum sans succès et s'arrête sur Nine : « Sache ma petite dame qu'ici tu ne seras jamais en retard, mais toujours au bon endroit au bon moment ! » Il fixe Pumilla un long instant puis marmonne :

– Après toutes ces années te revoilà ! Tu réapparais comme dans le désert, et pouf !

L'équipe se hâte de sortir derrière Nine qui ouvre la marche comme un colonel. Pum ferme la porte

10. Période de froid extrême, particulièrement enneigée.

du café derrière elle et ne peut s'empêcher de jeter un regard à l'homme qui a envoûté ses nuits durant son séjour dans la capitale lorsqu'elle est venue pour des repérages voilà bien des années de cela… Sa carrure athlétique lui donne ce don d'habiter l'espace. « Il est encore plus beau et charismatique qu'à l'époque », pense-t-elle. Nine a fait marche arrière et la tire par la manche.

– Tu n'y penses même pas, ma pauvre ! Allez hop, on déguerpit d'ici.

Deux portes plus loin en remontant la rue en terre, l'équipe s'enfonce sous le porche d'une petite maison à un étage. Pumilla demande à son équipe d'attendre à l'extérieur et pousse la porte. Elle se retrouve derrière une femme accroupie sur le sol, sa longue tresse de cheveux noirs lui arrive jusqu'au bas du dos. Alertée par sa présence, elle se relève aussitôt, prête à attaquer comme une lionne.

– Oh, oh, du calme ! Que se passe-t-il ici ? s'exclame Pum en découvrant le bureau saccagé. (Toutes les affaires de Bat sont dispersées sur le sol.) Et qui êtes-vous ? demande-t-elle froidement en mongol.

– Je suis la femme de Bat, je cherche mon mari, et j'ai trouvé son bureau désert et dans cet état !

– Désolée pour le ton, je me présente, je suis Pumilla, une amie de longue date de Bat.

– Pum ? Oui, il m'a souvent parlé de vous et de vos expéditions.

Elle essuie ses larmes du revers de sa manche et la prend dans ses bras.

– Venez, dit Pum, il ne faut pas rester ici, allons parler au Kang.

– Ok, allons-y mais séparément, c'est plus sûr.

– Ok, rendez-vous chambre 36, mon équipe sera là aussi.

Pum ressort aussitôt et d'un clin d'œil demande à Nine de la suivre. Celle-ci s'exécute sans un mot, Prasenji se met silencieusement dans leur sillage. Sur le chemin, ils s'arrêtent dans un shop de rue pour acheter un truc qui s'apparente à du pain sous vide, histoire de faire diversion, puis Pum choisit de zigzaguer inutilement dans les rues et en profite pour raconter ce qui est arrivé dans le bureau de Bat.

– Dis-moi si je comprends bien ce qui se passe ici, Pumilla Eve Isquarm... commence Nine.

– Oh oh... Quand tu m'appelles par mon nom au complet, ça ne peut pas être très bon !

– Dis-moi si j'oublie quelque chose : ça fait vingt-quatre heures qu'on est là, on a mangé les plus horribles spaghettis du monde, tu as revu le beau Vladi, Bat est introuvable, son bureau mis sens dessus dessous par Dieu sait qui. Est-ce que j'ai bien résumé ?

Prasenji ne peut se retenir de partir dans un fou rire.

– Vous savez, les filles, je ne voudrais pour rien au monde être ailleurs sur cette planète !

Pum lui lance un sourire complice.

– Toi, tu arrêtes, tu ne vois pas que tu l'encourages ? Il faut presser le pas, poursuit Nine sur un ton plus sérieux, malgré le côté léger de cette conversation.

– Eh bien, ce que j'ai omis de vous dire est que la femme de Bat se trouvait à l'intérieur et qu'elle nous rejoint à notre hôtel dans peu de temps.

– Et au moment où l'on pense que la piste s'arrête, elle continue… J'adore ! ajoute Prasenji, mais cette fois, je fais des photos, je dois documenter ce qui se passe.

– Bonne idée, mais ton appareil ne doit pas apparaître en public, discrétion maximum, ok ?

– Je suis photographe animalier, je sais être invisible.

Trente minutes au moins se sont écoulées depuis la sortie du bureau de Bat, lorsque l'équipe pousse la grande porte vitrée de l'hôtel. Ils se font aussitôt interpeller dans le hall par le directeur en personne.

– Une femme vous attend à l'étage, elle vient vous amener votre commande de dumplings.

– Merci d'avoir pris la peine de la faire monter ! répond Pum du tac au tac en serrant la main du directeur.

Celui-ci la regarde avec étonnement, il ne savait pas qu'elle parlait le mongol couramment. Un petit sourire en coin apparaît sur son visage lorsqu'il palpe discrètement le billet que l'exploratrice a glissé dans sa main. Pum se tient droite, le regard froid, elle lui fait un simple signe de tête avant de prendre congé, comme le veut la coutume. Elle rejoint ses deux acolytes qui montent déjà les escaliers, ignorant ce qui vient de se passer… direction la chambre 36.

Devant la porte de la chambre, la femme de Bat attend l'équipe avec un plat recouvert d'un torchon : les dumplings. Une fois à l'intérieur, tout le monde s'assied silencieusement, sauf Prasenji qui va faire bouillir de l'eau pour le thé.

Pendant ce temps Pum se présente un peu plus officiellement comme le veut la coutume.

– Je suis Pumilla Isquarm, j'ai travaillé avec votre mari Bat lorsque je suis venue pour la première fois en Mongolie il y a plus de dix ans et par la suite il m'a sauvée de plusieurs situations difficiles, comme mon infection dentaire au milieu du désert du Gobi qui a demandé une évacuation, ou lorsque je me suis retrouvée trop près de la frontière chinoise sans permis. Voici mon équipe : Nine et Prasenji. Mais parlons de vous : comment allez-vous ? Et vos quatre enfants ?

– Ils vont bien, je les ai amenés chez ma maman dans la steppe où la famille a un camp estival. Bat part souvent avec ses clients « touristes » dix jours, parfois deux semaines, mais là personne n'a de ses nouvelles et après avoir vu son bureau, je pense qu'il a des problèmes graves.

Nine la prend dans ses bras.

– On va vous aider ! s'écrie-t-elle. N'est-ce pas, Pum ?

– On va retrouver Bat je vous le promets, ce désert n'est pas si grand après tout !

Cette dernière phrase décroche un sourire sur le visage inquiet de la femme de Bat.

Au même moment quelqu'un frappe à la porte et dépose une grande et longue boîte avec une enveloppe sur le dessus. Pumilla ouvre le couvercle avec précaution et découvre une robe longue noire magnifique avec des mini-brillants discrets sur un seul côté, la robe ressemble à une nuit étoilée. Avant de faire face à son équipe elle lit l'invitation qui est en filigrane doré :

« Soirée en l'honneur du fils du chef de l'État à l'occasion de sa nomination. Dress code : robe de cocktail et smoking, Royal Palace au coucher du soleil. »

Elle n'a pas le temps de reprendre ses esprits que l'on frappe à nouveau à la porte. Cette fois, exaspérée, elle ouvre d'un coup sec. Vladi est là, avec dans une main une paire de chaussures à hauts talons.

– J'ai oublié ceci, j'imagine que tu n'as pas une paire de hauts talons dans tes sacs d'expédition ?

– N'espère pas que je vienne à cette mascarade, répond-elle d'un ton sec.

– Non seulement tu vas venir, mais j'ai besoin de toi ! Tu me dois bien cela ! Tu vas être ma traductrice pour la soirée et tu devras charmer le fils du président pour moi.

Il se rapproche sans vraiment s'en rendrc compte, Pum se retrouve malgré elle contre son torse, trop près en réalité, et elle ne peut s'empêcher de respirer son odeur, plus par réflexe qu'intentionnellement. Son corps s'ouvre alors comme une fleur en humant cette subtile senteur de musc qui voyage le long de ses parois nasales et, l'espace d'un instant, ses souvenirs la replongent dans ces nuits d'hiver sans fin où leurs corps ne s'éloignaient que très peu l'un de l'autre.

– Je serai prête pour 20 heures, mais après cela, je ne te dois plus rien.

Il sourit de la voir torturée ainsi, il l'a tant de fois imaginée dans cette robe qu'il a fait venir de France voilà dix ans maintenant. « Il n'est jamais trop tard », pense-t-il en dévalant l'escalier. Il a connu tant de femmes depuis… « Mais aucune n'avait le goût du vent et la volonté d'un régiment à elle toute seule. Sa beauté sauvage est si unique. Cette robe, cette soirée sera une manière de mettre un point final à cette histoire, dommage que ce soit dans ces circonstances. » Mais aussitôt que ces mots se sont formés dans sa tête, il les regrette, son cœur se serre, il est tiraillé dans son for intérieur. Cela ne peut pas se terminer ainsi, pas maintenant !

« Je viens de la retrouver », murmure-t-il.

Il s'assied derrière le volant de son Defender[11], cette femme lui donne le tournis, elle lui fait perdre pied, elle a toujours eu ce pouvoir sur lui. Il s'énerve en se défoulant sur le tableau de bord :

– Elle veut ma peau ! s'écrie-t-il, ça fait tant d'années…

11. Véhicule américain de grande taille.

Il met le moteur en marche et démarre en trombe. Il sort de la ville en passant par l'aéroport pour atteindre la steppe, il a besoin de perspective. Il doit se rendre à l'évidence : son amour pour elle est intact, tout ce temps qui s'est écoulé n'a rien changé à ses sentiments. Avec une infinie tristesse, il revoit encore le jour où elle est partie en laissant un simple mot qui disait :

« Le vent du désert m'appelle je lui dois mes pas
Avec tout mon amour
Pum »

Il aurait tant aimé qu'elle aime un autre homme, il aurait pu se battre avec lui, mais là, il lui est impossible de lutter contre un désert, du vent. C'est sans issue…

Quand il entre dans l'appartement de luxe du dernier étage qu'il a fait construire par des ouvriers spécialement venus de Russie, une lumière d'espoir lui traverse l'esprit : et si elle tombait amoureuse de lui à nouveau ?

Il se met à rêver, malgré son plan, à un bonheur possible. Mais quand elle saura, pourra-t-elle lui pardonner ? Soudain ce petit espoir l'habite, il laisse tomber ses vêtements au sol et se glisse sous la douche avec cette douce pensée qui lui trotte dans la tête. Un sort semble s'être levé et son anatomie musclée à la perfection se réveille. Il a toujours été au top de ses capacités physiques, mais là c'est différent, il paraît sortir d'une longue hibernation.

Il finira par prendre une douche froide, ne contrôlant que très peu ces nouvelles sensations qui parcourent son être tout entier… Il accueille cette eau glacée comme une douce caresse. Cet homme a commencé sa carrière dans les forces spéciales russes et a subi les pires entraînements et épreuves et pourtant la seule personne qui ait jamais réussi à l'atteindre, c'est elle. Il n'a cependant aucun doute sur son amour qui a été sincère, vrai et si généreux… C'est peut-être la seule femme qui l'a vraiment, sincèrement et complètement aimé ! Cette pensée lui vient lorsqu'il termine de boutonner la chemise d'un blanc immaculé de son smoking, il s'arrête, regarde son reflet dans la glace et l'image qui lui revient en retour est d'une perfection rare. Mais il ne peut s'empêcher de douter et de penser qu'il a besoin d'une stratégie pour la séduire à nouveau, parce que l'on ne part pas au combat sans plan d'action et il est plus déterminé que jamais, trop de choses sont en jeu.

19 h 55. Pum est prête, elle se retourne et son équipe qui l'a aidée à se préparer la regarde avec des yeux émerveillés.

– Vous arrêtez de me regarder ainsi !

– Mais on n'a pas l'habitude, c'est tout, répond Prasenji.

– Regardez-moi bien parce que c'est la dernière fois que vous me voyez avec une robe de soirée sur le dos.

Un léger bruit derrière la porte annonce l'arrivée de Vladi, elle est nerveuse et pourtant elle n'a aucune raison de l'être. Nine a les bras croisés et son toc a réapparu : elle retrousse légèrement son nez à intervalles irréguliers, elle n'aime pas ce guet-apens. Pum se retourne avant d'ouvrir la porte et donne des instructions.

– Ne m'attendez pas avant demain après le lunch.

– Quoi ? Tu rigoles ! s'écrie Nine.

Pum sourit et ouvre la porte.

Vladi est là, il l'attend. Elle ose à peine le regarder, il est terriblement sexy dans ce smoking, mais il l'était aussi dans son uniforme kaki lorsqu'il l'a sauvée à la frontière russe alors qu'elle était en mauvaise posture avec des bandits locaux. Lui a le souffle coupé en découvrant sa silhouette longiligne et son dos nu sensuel, il doit se retourner pour se ressaisir. Elle remarque très vite qu'il est différent. Dans la voiture aucun mot ne sera échangé et à sa grande surprise elle ne reçoit aucune instruction sur son rôle à jouer durant la soirée.

Il lui tient la main pour l'aider à monter les marches imposantes du palais royal. Ils sont accueillis comme il se doit. Toutes les personnes influentes de Mongolie et de la diplomatie étrangère sont ici pour l'événement, ça grouille de monde partout, l'ambiance est à la fête. Les femmes mongoles sont vêtues de leur plus beau costume traditionnel. C'est d'une beauté ! Leurs cheveux noirs luisants sont soit travaillés avec dextérité et trônent sur leurs têtes comme des sculptures, soit maintenus en arrière par un diadème, tandis que Pumilla porte ses cheveux lâchés à la sauvageonne. Elle a laissé Nine lui mettre un peu de laque pour garder le volume, c'est tout. « C'est la robe la star, pas moi », répétait-elle en se préparant. Nine a découvert qu'elle venait de chez un grand couturier parisien.

Rapidement des hommes d'affaires viennent saluer Vladi, dévisageant brièvement Pumilla. Vladi s'absente pour aller leur chercher un verre. C'est à ce moment-là que le maître de cérémonie arrive sur une petite estrade montée pour l'occasion, suivi de son père. Un discours bref et sympathique est prononcé, puis le fils du président descend du podium. Les invités le suivent des yeux et s'approchent de lui pour attirer son attention et le saluer, mais il s'excuse et continue à braver la foule en se dirigeant vers Pumilla… Vladi arrive à ce moment même en face d'elle avec deux verres de vodka mais le fils du président l'a devancé d'une seconde à peine et il se retrouve bêtement planté là avec ses deux verres à la main.

– Madame Isquarm, je suis très honoré de vous compter parmi nos invités ce soir.

– C'est un honneur pour moi, merci à vous, répond Pumilla. Je vous présente monsieur Vladislave Roslyakovik, chef des projets de liaisons terrestres au gouvernement de votre père.

– *My pleasure mister Roslyakovik*, vous permettez que je vous enlève madame Isquarm un instant ?

Le fils du président n'attend pas sa réponse, sachant qu'elle pourrait être négative, prend Pumilla par le bras et l'emmène sur l'estrade. Elle se retourne en roulant des yeux furieux en direction de Vladi. Celui-ci est sans voix, mais que se passe-t-il ? Le fils du président prend la parole.

– Mesdames et messieurs votre attention, merci… Je désire vous raconter une anecdote d'un de mes voyages que j'affectionne tant. (Il reçoit une rafale d'applaudissements et enchaîne.) Cela s'est passé durant le trajet de retour de mon voyage en Europe, il y a plus de dix ans maintenant, je rentrais plus tôt que prévu pour faire une surprise à mon père pour son anniversaire, je voyageais donc incognito et en business class dans l'avion qui me ramenait à Oulan-Bator, lorsque la personne assise à côté de moi commença à remuer anormalement sur son siège. Je lui demandai alors si elle avait peur en avion. Elle me répondit par la négative sans daigner se retourner. Le nez collé au hublot, elle n'avait pas peur, au contraire, elle était en extase devant le désert du Gobi que nous survolions. « Oh mon Dieu c'est d'une beauté, il est incroyable, cette couleur, ces formes… » Elle ne tenait pas en place et me toucha le genou maladroitement plus d'une fois en s'étirant pour être plus proche du hublot. Je n'avais alors jamais vu une femme en pareille admiration devant un désert et encore moins devant notre Gobi.

Pum, qui se trouve plantée là comme un géranium, sourit. Il renchérit.

– Elle m'apprit plus tard qu'elle allait le traverser à pied mais pas seulement, qu'elle allait marcher seule de Sibérie en Australie. J'ai cru qu'elle était folle, mais nous avons échangé nos cartes de visite. Ma curiosité a été piquée et depuis ce jour-là j'ai suivi toutes ses expéditions et j'ai ce soir la joie de vous la présenter en chair et en os. Mesdames et messieurs, nous avons l'honneur de compter parmi nous l'incroyable exploratrice du National Geographic Pumilla Isquarm.

Et sous une salve d'applaudissements, il ajoute à l'oreille de Pum :

– C'est un grand bonheur de vous avoir avec nous ce soir.

Elle sourit, s'incline puis descend de ce podium en direction de Vladi qui est venu la sauver et lui attrape le bras dès que son pied droit touche le sol. Il reconnaît l'expression sur son visage qui dit : « Emmène-moi loin d'ici. » Il l'entraîne discrètement vers un buffet un peu en retrait et de là ils s'éloignent encore pour se retrouver dans le gigantesque hall d'entrée du Royal Palace. Sa robe brille au moindre mouvement. Elle remercie Vladi de la lui avoir offerte.

– Elle est magnifique ! Mais où l'as-tu trouvée en si peu de temps ?

– C'est une longue histoire, un jour je te la raconterai.

– Et pourquoi pas maintenant ?

Il la regarde droit dans les yeux, puis baisse son regard. « Il n'est jamais trop tard pour déclarer sa flamme », pense-t-il.

Il commence alors son histoire avec un : « Il était une fois » qui la fait sourire. Si quelqu'un sait raconter une histoire c'est bien lui. Il se lance donc dans le récit de leur aventure qui est bel et bien extraordinaire et enchaîne :

– Qui sauve une exploratrice des mains de bandits au fin fond de la Taïga ? Vladi. Qui la sort d'une mauvaise passe avec les Chinois ? Vladi !

Mais Vladi est bien plus que cela, elle n'a jamais vraiment su ce qu'il faisait en Mongolie. Ce n'est pas en construisant des ponts qu'il arrive à vivre cette vie-là, elle en est bien consciente. Un peu comme tous les Blancs ici. Ils ont tous des intérêts qu'ils gardent secrets. En l'écoutant d'une oreille, elle se pose la question : quel est son intérêt d'être avec elle en ce moment même alors qu'il devrait plutôt créer des liens avec les personnes les plus importantes du pays qui sont toutes sur la liste des invités ? Pourquoi est-il ici avec elle ? Pourquoi cette somptueuse robe du soir ? Et c'est là qu'elle reprend le fil de l'histoire et qu'elle comprend que la robe qu'elle porte devait être son cadeau de fiançailles.

Soudain le silence s'installe, plus pesant que jamais, elle porte sa main à sa bouche, elle est sous le choc. Ainsi donc il allait la demander en mariage le jour où elle est partie ? Tout avait été préparé depuis des mois, et elle l'ignorait. Au bout d'un long moment, elle reprend la parole.

– Je suis désolée, je ne savais pas… Et tu as gardé la robe pendant tout ce temps ?

– Oui, je n'arrivais pas à m'en défaire.

Ils restent un instant silencieux.

– Viens, on part d'ici. J'ai envie de te montrer un endroit que tu n'as jamais vu !

Il ne lui laisse pas le choix, la prend par la main en riant et l'emmène loin de ces mondanités. Il roule un moment avant d'arriver au sommet d'une montagne qui fait face à la capitale, il y fait un feu, sort des couvertures du coffre de son véhicule qui est toujours prêt pour partir en mission. Ils s'installent à côté de la flambée et Vladi la prend doucement dans ses bras, elle pose sa tête sur son torse, elle est si lasse. La nuit est noire et parsemée de tant d'étoiles, deux petites larmes s'écoulent silencieusement sur le visage de Pum, aussitôt séchées par le vent qui a décidé de se lever. Vladi l'emmitoufle un peu plus et la serre encore plus fort contre lui. Il déguste chaque seconde de ce moment parce que maintenant il sait que l'on ne peut pas enfermer le vent, elle ne sera jamais à lui. Il a les yeux fermés, son cœur lui fait mal, il veut juste que le temps s'arrête, il veut la sentir contre lui encore un peu, et il la connaît trop bien pour savoir qu'elle ne lui pardonnera pas, que si son plan marche comme prévu, il pourra accéder à la connaissance ultime, et ce sera grâce à elle, mais ironiquement il ne peut rien lui dire. À ce moment-là, Pumilla se relève et l'embrasse passionnément…

Ce soir-là, la nuit sera le seul témoin… Son vœu a été exaucé, le temps s'est arrêté…

– 9 –

LA VALLÉE DES DRAGONS

Personne n'a prononcé un seul mot depuis le départ de Dalandzadgad. Voilà plus d'une heure qu'ils roulent sur une piste qui n'en est pas vraiment une… Du côté droit défilent des poteaux électriques d'un autre temps, tandis que du côté conducteur, au loin, une chaîne de montagnes s'étend, parallèle à la piste. Avant tout, le paysage est plat et vide. Envoûtant, cet espace « libre » plonge Nine et Prasenji dans un état hypnotique, comme en suspension dans cet autre monde. Pumilla a le nez collé à la vitre ; elle retient à peine son émotion, ce désert l'a forgée, façonnée, lui a appris certains fondements essentiels de sa vie. L'exploratrice aura eu besoin de trois tentatives avant que le Gobi ne la laisse passer, à cause, entre autres, de ses conditions climatiques extrêmes. Elle y a marché plus de six mois, seule dans ce désert capricieux aux orages de grêle, éclairs mortels et tempêtes de sable, scorpions, loups, sables mouvants. Autant de dangers naturels et c'est sans parler des bandits de toute sorte, Ninjas chercheurs d'or illégaux, équipes de forage sans permis, faux garde-frontières, trafiquants en tout genre qui passent la frontière chinoise de nuit. Elle a pris la décision de ne pas raconter la totalité de ses aventures à son équipe, cela viendra en temps voulu. Dans le coffre de la voiture tressautent deux vieux sacs en jute remplis de pommes de pin, un sac d'écorces de bouleau et un quatrième qui contient du crin de cheval, deux bols en aluminium et des torches allume-feu ainsi que tous les sacs d'expédition. Ce désert n'est pas comme les autres, il se faufile sous la peau de celui qui ose y poser un pied et puis il grandit, grandit, un peu comme un amour de jeunesse qu'on ne peut jamais oublier. L'exploratrice passe la manche de son pull sur ses yeux pour effacer son émotion avant que la Jeep s'arrête devant le portail du Three Camel Lodge dans un nuage de poussière. Isabella se tient à l'entrée, vêtue de ses habits traditionnels, le bas de son manteau jouant avec le vent. Elle s'avance et prend Pumilla dans ses bras.

– Mon Dieu, combien d'années cela fait-il ? Dix peut-être ?

– Arrête, tu n'as pas changé, le Gobi te va bien.

– Tu es notre invitée d'honneur, on t'a attribué les trois gers[12] que tu as demandées, les plus à l'extérieur du campement côté montagne… On mange ensemble ce soir ? Il y a quelqu'un que j'aimerais te présenter.

– Avec grand plaisir ! As-tu tout trouvé de la liste que je t'ai envoyée ?

– Presque, on improvisera pour le reste.

– Tu peux demander au chauffeur de m'apporter un des vieux sacs de jute, le reste il peut le mettre dans ma ger.

Ganzorig, le chauffeur, qui a entendu la conversation, dépose le sac aux pieds de Pumilla avec un grand sourire.

– Tu viens bien de la région de Khövsgöl si j'ai bonne mémoire ? demande Pumilla à Isabella.

– Oui, tu te souviens ?

– Eh bien, je pense que tu vas apprécier ce petit cadeau !

Elle ouvre le sac, plonge sa main à l'intérieur et en ressort des pommes de pin. Une vague de nostalgie traverse Isabella, elle ravale sa salive, ses yeux sont humides.

– Merci ! bredouille-t-elle. Seule une personne qui a passé suffisamment de temps dans ce désert peut comprendre.

Elle est surprise de l'intention d'une amie qu'elle n'a pas vue depuis si longtemps.

12. Yourtes en russe.

– Je vais faire un feu avant d'aller au lit et en jeter quelques-unes pour embaumer ma ger… Tu sais, le Nord me manque tant : les arbres, le lac, les longues balades à cheval au printemps.

– Tu n'y es pas retournée ?

– Non, ma famille n'y est plus, ils sont tous à la capitale.

– Tu es repartie voyager, j'imagine ?

Le rire d'Isabella s'échappe dans le vent.

– Eh bien non, figure-toi.

– ?!

– J'ai deux enfants, un mari, des chèvres et un business à faire tourner.

– Isabella, Isabella… S'il y a une personne sur cette planète qui arrive à gérer tout cela, c'est bien toi avec ton talent d'organisatrice. Toutes mes félicitations. J'ai toujours dit que tu étais plus suissesse que moi et moi plus mongole que toi.

– À ce soir ma très chère Pum, je dois filer, j'ai encore des arrivées à réceptionner, fais comme chez toi et va dire bonjour en cuisine. Les filles se souviennent de toi bien sûr, l'équipe a peu changé, elles t'attendent !

Au loin, le désert s'étire à l'infini… Il n'y a aucune présence humaine à des kilomètres à la ronde. L'unique bâtiment en dur du camp se dresse au pied d'une butte volcanique ; il fait face à quarante yourtes soigneusement plantées dans le décor. Il a été construit avec de gros troncs d'arbres rapportés du nord du pays et de la pierre grise. Le toit qui se relève légèrement aux extrémités rappelle une architecture inspirée de l'époque Ming. De grandes ouvertures invitent le visiteur assis confortablement à l'intérieur à admirer les changements de couleur majestueux qui s'opèrent dans la journée, sans parler de la nuit et de son ciel étoilé inoubliable. Pour l'heure, Pumilla se retrouve seule dans le salon, assise dans l'un des grands fauteuils en cuir brun foncé face à la cheminée. La toiture est apparente comme celle de toutes les yourtes, et l'emboîtement des poutres n'est consolidé qu'avec des lanières de cuir : aucun clou n'apparaît dans cette construction. Fascinant… Des dalles de pierres irrégulières recouvrent le sol. Que de luxe en réalité ! Les habitations des vrais nomades ne ressemblent en rien à ce lieu. Pum décide d'aller donner le bonjour en cuisine. Elle pousse la porte battante qui y accède et à peine a-t-elle posé un pied à l'intérieur qu'elle reçoit un accueil digne d'une championne : aucune de ces femmes ne pensait la revoir un jour ! Les retrouvailles sont toujours de joyeux moments. Pumilla salue tout le monde chaleureusement. Elle leur donne le reste des sacs de jute contenant les écorces de bouleau, le crin de cheval, etc. Des éléments essentiels : après un long processus de chauffe, une colle solide sera extraite des écorces de bouleau, le crin de cheval sera utilisé pour faire des cordes, des matelas, si utiles dans la vie de tous les jours.

L'heure du repas du soir a sonné et le dîner est servi, même si la chaise du bout de table reste inoccupée. On parle beaucoup en mongol, ce qui pour Nine et Prasenji est peu intéressant, mais Isabella est heureuse de pouvoir présenter ses enfants et papoter un peu avec une amie de longue date. Au cours du repas arrive un homme qui souhaite le bonsoir et la bienvenue à tout le monde dans un anglais parfait tout en s'excusant de son retard. Isabella se lève pour le présenter : c'est son mari Mario. En le voyant, Pumilla, sidérée, baisse aussitôt la tête et continue de manger, sans que personne ne prête attention à son attitude. En fin de repas, alors que le thé est offert au salon, Pum salue son amie et feint une fatigue due à cette longue journée pour prendre congé. En toute discrétion, elle donne néanmoins rendez-vous à son équipe plus tard dans la soirée. Elle sort par la porte principale en direction de sa ger, mais au lieu de s'y rendre, elle la contourne et grimpe sur la butte derrière le camp dans l'obscurité la plus complète.

Comme convenu, plus tard dans la soirée, le trio se retrouve chez Pumilla, qui a fait un feu. La structure de la yourte est magnifique, tenue comme par enchantement par ses dizaines de bâtons de couleur orange partant de la base du toit et rassemblés par un cercle de bois au sommet de la tente. La yourte est doublée de feutre de mouton et cette solide isolation va permettre de passer des hivers à moins trente-cinq degrés et de tenir tête à toutes les tempêtes possibles. Un système millénaire… À l'intérieur règne une atmosphère chaleureuse et intime. Les deux compagnons d'aventures de l'exploratrice sont joyeux et fascinés par cette construction. Mais Pum est d'humeur maussade. Elle prend la parole d'une voix froide en fixant les flammes du petit poêle.

– Le désert de Gobi est un des déserts les plus rudes au monde après l'Antarctique. Ne l'oubliez jamais. Ne pensez en aucun cas que la tempête s'arrêtera demain, ou qu'un jour de plus fera la différence. Ce désert a tellement de flèches à son arc qu'il vous enverra la suivante avant même que vous vous releviez ! La seule chose que vous pouvez faire est de vous adapter aussi rapidement que possible. Ici la vie est différente. Ceci est votre « nouvelle normalité », ne comparez rien à votre vie d'avant. Vous êtes dans un désert, plus précisément dans le bassin de Nemegt, qu'on appelle « la vallée des Dragons ».

Nine brise le silence en éclatant de rire.

– Non mais, pourquoi tu nous parles comme si on partait à la guerre, je te rappelle que nous sommes dans un lodge touristique du National Geographic, entourés de touristes américains, allemands, équatoriens. Mais j'imagine que tu nous caches quelque chose, et je pense que c'est le bon moment pour nous raconter la vraie version, eh, madame l'exploratrice !

– Tu es mystérieuse depuis notre arrivée dans le Gobi, renchérit Prasenji, et tu t'absentes des plombes après le dîner… Je t'ai suivie pour voir si tu allais bien, tu as disparu dans la nuit. Tu étais où ?

Elle hésite. Le plus tard possible serait le mieux, mais cette fois elle ne peut plus vraiment reculer. Elle pose la grande théière en aluminium sur le fourneau et commence à préparer le thé. L'ambiance est pesante. En attendant que l'eau chauffe, elle va chercher dans son sac une pochette en néoprène dont elle retire deux couteaux d'expédition. Religieusement, elle en remet un à chacun de ses compagnons.

– Ils ne sont pas conventionnels, vous vous en rendrez compte en temps voulu, leur dit-elle. Portez-les sur vous vingt-quatre heures sur vingt-quatre. Vous ferez équipe, ne vous séparez jamais sous aucun prétexte. Vous avez chacun des qualités que l'autre n'a pas… Comme vous avez déjà pu le constater en Inde, Nine est très pratique et sait se servir de ses deux mains, et toi Prasenji, qui as une vision globale de la situation ainsi que l'œil pour le détail, tu seras le guide de votre équipe. Nine je suis sûre que tu es d'accord sur ce point ?

– Je ne peux pas être plus ok que cela, dit celle-ci en faisant un clin d'œil à Prasenji.

– Pourquoi suis-je le guide ? demande alors Prasenji. Je ne suis pas forcément un bon navigateur.

– Eh bien, Nine se perd même dans les parkings ! Et encore une précision : elle ne fonctionne pas vraiment bien dans le noir non plus.

– Ok, ok ! Je serai pour vous exclusivement le premier « Indiana Jones des Indes », madame Nine, s'exclame Prasenji en forçant son accent. Quelle magnifique opportunité, dit-il en faisant une révérence qui fait rire les filles et détend un peu l'atmosphère.

Pumilla sert le thé et lorsqu'il n'y a plus rien d'autre à faire, elle enchaîne :

– Pour répondre à ta question, Prasenji... Après le dîner, je suis montée sur la butte derrière le camp, j'avais rendez-vous avec le mari d'Isabella.

Nine et Prasenji s'exclament à l'unisson :

– Quoi ?

Pum laisse quelques secondes s'écouler avant d'ajouter :

– Je connais le mari d'Isabella, je l'ai rencontré il y a moins d'une semaine.

– Je ne te suis plus du tout, s'étonne Prasenji.

Nine commence à s'agiter en secouant la tête et en gesticulant.

– Ok arrête ça Pum ! Pour commencer, où as-tu rencontré le mari de ton amie ?

– Eh bien à Madrid. Mario et le paléontologue Gaston Rouices ne font qu'un !

La soirée fut longue et mouvementée avec, au centre de leur conversation, une seule question : faut-il en parler à Isabella ?

Puis Pum raccompagne son équipe à la porte de sa yourte. Face à la nuit claire, elle respire profondément. En s'éloignant Nine ne manque pas d'attraper le bras de Prasenji. Pumilla regarde la scène et sourit. Elle tourne le dos à l'obscurité et retourne dans son cocon réchauffé par le petit fourneau. « Enfin seule », pense-t-elle. Elle passe un vêtement pour la nuit et s'accroupit auprès du feu en brossant pensivement ses longs cheveux : que dire à Isabella ?

Le lendemain matin au petit déjeuner, tout le monde se retrouve à la grande table, sauf le « mari ». Nine et Prasenji n'ont que des éloges pour leur première nuit passée dans leur yourte respective, ce qui rend Isabella heureuse. Pum est dans une situation difficile, pleine d'inconnues. Une chose est sûre : si elle était dans la situation d'Isabella, elle aimerait savoir si son mari a une autre vie… Mais la vraie question est celle-ci : qu'est-ce qu'Isabella ignore vraiment ? « Nous sommes en Asie ici. Il ne s'agit pas de l'offenser en arrivant avec mes gros sabots… Garder la face fait partie de la culture mongole. »

À la fin du petit déjeuner Isabella propose à Pum de lui montrer son troupeau de chèvres. C'est avec un énorme sourire que Pum accepte. Les deux femmes se rendent derrière la butte, comme le feraient deux Mongoles, les mains derrière le dos, un peu penchées en avant dans le vent du matin qui est de mauvaise humeur. Elles arrivent à proximité de la yourte du vieux Mooji, qui sort pour les saluer. Il ne lui reste plus que quelques dents, mais son visage est illuminé par une paix intérieure.

– La femme à la maison sur le dos est de retour ? dit-il en fixant Pum un long moment.

Puis il s'adresse à Isabella :

– Ah, elle n'a pas besoin d'un cheval j'avais tort, elle peut voler désormais.

– Mon cher Mooji, merci pour ta clairvoyance, lui répond Isabella en prenant congé.

Les deux amies continuent leur chemin en oubliant rapidement les étranges paroles du vieil homme et arrivent devant un enclos de fortune, où un vieux moteur ronronne tout en pompant de l'eau à la surface. Isabella est fière de ses chèvres à cachemire. Elle explique en détail le processus de peignage pour extraire leurs poils précieux. Plus tard, durant l'hiver, les filles en cuisine vont s'occuper de filer la laine pour en faire des pulls, bonnets, gants qui partiront ensuite sur le marché de la capitale.

– Je voulais te parler, dit soudain Isabella. Tu as croisé mon mari à Madrid, c'est cela ?

– Oui en effet…

– Ne t'inquiète pas pour moi, je te raconterai toute cette histoire depuis le début un jour, mais sache qu'il n'a rien fait de mal, il m'a sauvé la vie.

– Sauvé la vie ! Vraiment ?

Elles sont accoudées à une barrière faite de bouts de bois assemblés maladroitement. Isabella, pensive, regarde ses pieds un long moment. Ses mains sont nerveuses, le vent souffle. Après une éternité, elle relève la tête et se met à parler sans quitter des yeux la ligne de l'horizon.

– Ma maman était chamane. Quand elle est morte subitement, peu après ton passage ici, mon père a retrouvé toute son autorité à la maison et pour pouvoir se remarier malgré son âge, il m'a vendue à un Chinois contre une belle somme d'argent, ce qui allait lui assurer une nouvelle fiancée. La transaction s'est faite dans un établissement de la capitale, et dès que j'ai vu le personnage j'ai compris ce qui m'attendait…

– Ton père t'a vendue à un… souteneur chinois ?

– Oui, c'est chose courante ici, depuis que les Chinois et les Coréens se sont installés. C'était tout autrement sous le régime russe. Mais voilà qu'en pleine discussion, un homme, un Européen, se trouvant à la table d'à côté, se présente à mon père ! Il avoue avoir suivi la conversation, et il lui fait la proposition de doubler la mise pour m'acheter. C'est comme ça que ça s'est passé.

– Quoi ? Tu plaisantes…

– Non malheureusement pas ! Mais dans mon malheur, j'ai eu de la chance. Celui qui est devenu mon mari m'a expliqué qu'il était paléontologue et qu'il devait impérativement être marié à une Mongole pour des questions de papiers. Il en avait besoin pour faire des demandes d'exploitation de terres pour des fouilles archéologiques dans le Gobi. Sans un mariage, il n'avait aucune chance. On s'est donc marié la semaine suivante, plutôt discrètement.

Pum a du mal à digérer ce qu'elle vient d'entendre.

– Comment est-ce possible ? On n'achète pas une femme !

– Et pourtant ce sont des pratiques courantes dans les pays avec un taux de corruption élevé. Ce genre de trafic existe au grand jour en Asie. Tu vois les filles en cuisine ? Eh bien j'en ai sauvé cinq du même destin. Elles vivent ici et ne sortent que très rarement depuis. Mais tous les jours, quand le soleil se lève, elles me remercient…

– Tu as échappé de justesse à une vie de prostituée, parce que ton mari t'a achetée ! Rien de tout cela ne sonne très juste.

– Je sais. Mais vois-tu, quand tu m'as rencontrée, je croyais à l'amour, à une vie de famille, de voyages, et maintenant ce que je chéris le plus, ce sont mes enfants et ma liberté. Mais ne t'inquiète pas pour moi, Gaston est un homme qui fait sa vie et moi je fais la mienne.

Sans un mot, elles se prennent dans les bras l'une de l'autre. Le vent souffle en rafales maintenant, et le soleil intense du Gobi valide leurs retrouvailles. Ces deux guerrières sont liées par leur force, aujourd'hui c'est une évidence.

Elles sèchent leurs larmes d'un revers de main, et en silence, côte à côte, elles empruntent le chemin du retour dans le vent qui balaye la poussière. Au passage, le vieux Mooji les salue de loin. Pumilla l'observe : droit comme un poteau électrique, il ne bouge pas, et pourtant autour de lui le sable virevolte de partout et le bas de son manteau traditionnel se soulève par à-coups.

Le temps a tourné, le paysage est désormais envahi d'un mélange de sable et de poussière brun sale. La vue est limitée, le ciel a perdu son bleu légendaire, la tempête se prépare. Pumilla regarde cette scène avec détachement, une douce sensation de déjà-vu se superpose à ce qu'elle perçoit ; elle cligne des yeux une fois, pour rien, tout est calme à l'intérieur d'elle, tout est à sa place.

Les deux amies se regardent et sourient : il n'y a pas grand-chose qui pourra effriter cette amitié-là, se dit Pum…

Pendant ce temps, Nine et Prasenji sont plongés dans la préparation des sacs. Le vent et le sable vont rendre cette expédition plus compliquée au niveau technique pour Prasenji. Soudain, la porte de la yourte s'ouvre, Pumilla déboule et la referme le plus vite possible.

– Prasenji, tu as regardé les prévisions météo ?

– Oui, cette tempête va durer trois jours au minimum.

– C'est parfait.

– Tu trouves ? s'exclame Nine.

– On a besoin de cela pour faire diversion.

– Tu peux nous expliquer ton plan ? Tu n'as pas eu le temps hier soir.

– Plus tard… Je dois vérifier quelque chose avant. Il faut que tous nos sacs soient prêts avant le repas de ce soir, et que toutes les batteries soient chargées.

– À vos ordres milady… laisse échapper Nine.

Lui répond un clac de la porte en bois.

Elle a besoin de marcher, de réfléchir. Depuis l'Inde, les événements se sont enchaînés, et elle n'a pas eu le temps de penser. Elle se dirige derrière la butte, le regard fixé par terre, préoccupée et en pleine cogitation. Le vent fait partie du Gobi ; elle qui, par le passé, a marché des jours durant dans ces conditions y prête peu d'importance. Elle courbe juste l'échine. Ce qui la tourmente est ailleurs. Rien n'a vraiment de sens selon elle : elle est certaine de sa perception et si l'on met toutes les scènes vécues depuis leur arrivée en Mongolie bout à bout, on y trouve un semblant de chaos. Elle ne sait comment l'expliquer, mais elle est sensible à l'espace naturel entre les choses, c'est un vrai indicateur pour comprendre la justesse du moment. Dans la nature, quand elle traque elle ne cherche pas des empreintes (souvent effacées) : elle cherche le désordre dans un décor harmonieux, qui va lui indiquer le passage d'un animal ou d'un humain. Elle parle de cet ordre des choses, une sorte d'évidence que Fibonacci[13] a réussi à numériser. Or tout se passe depuis son arrivée dans un désordre peu harmonieux, voilà son sentiment du moment. Et ce seul fait laisse à penser que ce n'est pas la bonne piste à suivre. Il faut revenir au début, se dit-elle, au moment où elle a reçu la vertèbre de dinosaure. Elle a la sensation étrange de se faire manipuler… Mais par qui ? Qui la connaît suffisamment pour anticiper sa prochaine action ? Elle a l'impression de jouer aux échecs. Son prochain « move » sera imprévisible !

13. La suite de Fibonacci est la formule mathématique qui se trouve dans la nature. On y retrouve très souvent des motifs à spirale et autres basés sur la suite de Fibonacci et le nombre d'or : pommes de pin, marguerites et tournesols, ananas, cactus, étoiles de mer, coquillages, etc.

– 10 –

LE NID DU VAUTOUR

La tempête s'est intensifiée durant la nuit et pourtant, l'intérieur de la yourte de Pumilla baigne dans une atmosphère feutrée. La force du vent ne semble pas avoir d'emprise sur cet abri traditionnel, cette construction ingénieuse se démonte et se remonte en quelques heures seulement. Dormir dans une tente d'expédition pendant une tempête de cette force fait partie de la vie de l'exploratrice, et pourtant les rafales du désert du Gobi sont si violentes par moments qu'elles secouent même les plus braves. À l'intérieur de la yourte, les plaintes du vent sont étouffées et les braises incandescentes dans le poêle central diffusent un halo rassurant. Pum sourit dans cette presque obscurité, ses souvenirs sont aussi vivants que cette tempête. En y réfléchissant, elle peut compter sur les doigts de ses deux mains les nuits entières où elle a pu dormir durant ses expéditions dans le Gobi. La nuit n'est définitivement pas faite pour cela dans ce pays. Partager un désert avec des chercheurs d'or clandestins prêts à tout n'est pas du ressort d'un amateur. Les Ninjas, comme ils se font appeler ici, se déplacent uniquement la nuit et gare à ceux qui sont sur leur passage. Planter sa tente pour la nuit dans ce désert ne peut donc pas être laissé au hasard ou au simple fait que la fatigue s'est emparée de vous. La présence de l'exploratrice a très peu plu aux trafiquants de la frontière sino-mongole qui ne savaient que penser de cette femme, blanche et de surcroît seule. Curieusement, leurs visites étaient exclusivement nocturnes… Quant aux loups qui effrayent les Mongols, Pumilla les a rencontrés avec le respect qui leur est dû. Peu importe où l'on se trouve sur cette planète, on est toujours sur le territoire de quelqu'un d'autre : cette terre ne nous appartient pas. Les *Canis lupus chanco*[14] sont les seuls visiteurs de la nuit qu'elle apprécie. Elle envoie un « merci, merci » silencieux rejoindre le vent, parce que ce soir, elle est en sécurité.

Mais soudain, des bruits de portes de voiture qu'on ferme violemment lui parviennent, accompagnés d'ordres vociférés. Curieuse, elle se lève et se glisse dans la nuit. Sans lampe, elle rejoint le bâtiment principal, passant inaperçue avec cette tempête

14. Loups.

de sable, et observe les va-et-vient des nouveaux arrivants. Elle ne voit pas grand-chose en réalité, et finit par descendre les marches qui donnent accès aux toilettes. Avant d'atteindre la dernière marche, elle se retrouve nez à nez avec un homme emmitouflé d'un keffieh[15], qui, les bras croisés, lui barre le passage. Il fixe Pumilla de son regard sombre ; ses traits sont typés, sa peau est basanée, et elle entrevoit une barbe noire de quelques jours. Le keffieh noir laisse Pum perplexe. La logique voudrait que la peur l'envahisse ou du moins la surprenne, mais à la place elle évolue en mode « danger ». Concentrée et connectée plus que jamais à l'instant présent, elle s'attelle dans l'urgence à déchiffrer le personnage atypique qu'elle a en face d'elle avec un sens aigu de l'observation, car tout est important : sa posture, son intensité, ce qu'il dégage, son vêtement apparemment provient d'une autre culture, mais laquelle ? Elle est prête à bondir et pourtant elle ne ressent pas d'agressivité de sa part. Aucun mot n'est prononcé dans ce face-à-face intense, mais une sorte de reconnaissance sauvage, organique, a lieu. Cette nuit de tempête n'est pourtant guère propice à une rencontre, il la dévisage l'espace de quelques secondes, puis s'efface dans la nuit. Intriguée, elle retourne dans sa yourte quelques minutes plus tard et s'enfonce dans son sac de couchage. Mais elle n'arrive pas à s'endormir, le visage de l'homme mystérieux lui apparaît à chaque fois qu'elle ferme les yeux.

---

15. Foulard de tête utilisé entre autres aux Émirats arabes.

La nuit a été courte, et pourtant elle ouvre un œil dès l'apparition des premiers rayons de lumière qui inondent l'intérieur de la yourte. Calme et encore entre deux mondes, elle s'assied, étire son corps élancé quand soudain au milieu d'un mouvement quelque chose l'intrigue, plus précisément une odeur. Elle se met alors à inhaler un maximum d'air, ses paupières se ferment légèrement durant le procédé. Elle répète l'opération à intervalles plus ou moins longs. Quelques minutes s'écoulent avant qu'elle identifie un mélange étrange, à la fois épicé et douceâtre avec une subtile pointe de myrrhe. Une formule de ce type devait être utilisée autrefois en Égypte, la myrrhe était aussi prisée et coûteuse que l'or en ce temps-là, seules les personnes de grande importance y avaient accès. Pum dilate ses narines une nouvelle fois, mais uniquement pour apprécier à sa juste valeur cette essence si exquise. Son odorat lui permet de percevoir ce que ses yeux ne voient pas, un sens qu'elle a perfectionné au fil du temps, et elle est certaine que c'est la première fois qu'elle respire cette senteur. Une chose est sûre : elle n'était pas présente lorsqu'elle s'est endormie. Pensive, elle visionne dans sa mémoire la rencontre de la veille tout en marchant lentement jusqu'à la porte, lorsque quelque chose attire son attention. Entre les lattes de toit cylindrique et le feutre apparaît un filin en métal au bout duquel se balance un médaillon. Elle l'observe avant de le détacher avec précaution. Des inscriptions au dos y sont ciselées, ce langage lui est inconnu. Au recto est gravé un magnifique vautour, les pattes au sol et les ailes déployées. Apparemment, cette pièce est très ancienne et elle la considère comme un indice d'une grande importance. Elle passe le filin autour de son cou tout en palpant le dessus du médaillon de son pouce. « *Think Pumilla Eve Isquarm… think.* »

Elle retourne dans son cocon de plume et s'installe en position fœtale. Dans le silence du petit matin, après des années de pratique, elle libère son esprit.

Lorsqu'elle sort enfin de son sac de couchage elle remarque que le temps s'est écoulé. Elle s'assied et prend une longue inspiration, le visage soudain reposé et serein… Elle connaît maintenant sa destination : le nid du vautour.

Cet état de semi-conscience dans lequel elle arrive à se plonger est une technique qu'elle utilise depuis des années : elle l'a découverte lorsqu'elle était sous un arbre au milieu d'un désert à attendre que les heures chaudes passent et que le soleil se couche pour finalement recommencer à marcher. C'est un peu comme un guide invisible : ouvrir son esprit pour retrouver sa liberté universelle, ne plus dépendre de son corps, flotter et ressentir.

Elle a aussi découvert que la réalité n'était pas ce que nous voyons, mais ce que nous ressentons. Et qu'elle pouvait compter sur la guidance de ses compagnons terrestres et de ses compagnons célestes, les oiseaux.

Quand elle sort de sa yourte, ces mots tournent en boucle dans sa tête : « Tout est lié, tout est lié », c'est une évidence. Concentrée, elle ne remarque pas le faucon qui survole le camp dans l'accalmie du matin.

Elle passe par la yourte de Nine qui est vide ; celle-ci est certainement en train de prendre son petit-déjeuner. Elle a hâte de lui raconter sa nuit. Pum monte quatre à quatre les marches grises en pierre du bâtiment principal et ouvre vigoureusement la porte. Elle se dirige vers la grande table où tout le monde est déjà réuni. À sa grande surprise, le mari d'Isabella est là ainsi que deux hommes bien en chair à la barbe taillée avec minutie : ce sont les deux malabars qui ont tabassé Gaston Rouices à Madrid ! Elle tire sa chaise et s'installe discrètement, le visage tendu, les sourcils froncés. Dans son esprit tout va à la vitesse de la lumière. Provenance : Émirats ; position : importante ; motif : discipline ; armé : positif. Nine n'a pas manqué un seul des gestes de Pum. Son équipe est silencieuse ce matin et c'est mieux ainsi. Elle demande si quelqu'un a la météo du jour. Isabella s'empresse de répondre que cela va encore durer vingt-quatre heures. L'atmosphère est chargée, à peine l'exploratrice a-t-elle touché à la nourriture qu'Isabella enchaîne :

– Je vous apporte le café dans votre Ger à 10 heures comme convenu.

– Parfait, merci Isabella, répond promptement Pum.

Elle se lève, suivie de son équipe. Lorsque la porte principale se referme dans leur dos, Nine et Prasenji ne peuvent se retenir plus longtemps et leurs questions fusent. Mais Pum les ignore pour le moment…

– Du calme. On n'a jamais convenu d'un café à 10 heures avec Isabella, c'était un « warning », on a bien fait de partir.

– Je passe par ma yourte, je vous rejoins dans cinq minutes, les informe Prasenji.

Pum sort des sacs la théière et les tasses d'expédition, Nine ne veut pas comprendre ce qui se passe, aligne les éloges sur sa yourte et ne cesse d'en vanter chaque détail, cela en devient embarrassant.

– Tu sors les cartes topographiques, svp !

– Ok, je sais exactement où elles sont.

La tradition veut qu'une porte de yourte ne soit jamais fermée à clé. Théoriquement, à n'importe quel moment de la journée ou de la nuit quelqu'un peut donc entrer. C'est la coutume nomade qui veut qu'on offre de cette façon assistance au voyageur, mais rien ne se passe jamais ainsi. Les voleurs des steppes sont réputés et Pum a aussi vécu l'accueil et la gentillesse de ce peuple qu'elle porte dans son cœur malgré toutes ses mésaventures. Mais une chose est sûre : hier soir sa ger était bel et bien fermée !

Nine est en train de déplier les cartes topographiques par terre lorsque Prasenji passe la tête par la minuscule porte et entre. L'équipe au complet se retrouve autour du feu que Pumilla a ranimé, Prasenji tout affairé sur son ordinateur à ouvrir des fichiers, pendant que Nine sert le thé.

– Vous voulez savoir ce que j'ai fait cette nuit ?

– Tu as rencontré un homme d'origine arabe vêtu d'un habit traditionnel noir ! répond Prasenji.

Nine part dans un fou rire tandis que Pum reste bouche bée.

– Comment sais-tu cela ?

– Quoi ? c'est vrai ? demande Nine.

– Je devais tester mon matériel dans des conditions réelles, donc j'ai profité de la tempête et posé mes caméras infrarouges un peu partout dans le camp.

Il tourne son ordinateur.

– Regardez vous-mêmes !

Ils découvrent en ouvrant les fichiers que l'homme à la tunique noire est arrivé à cheval, a mis pied à terre et arrangé sa tunique avant d'accrocher son sabre court à sa ceinture dans le dos. Il est passé devant la deuxième caméra à 2 h 04 du matin, et à 2 h 08 il a réapparu devant la caméra placée près des toilettes. Où l'on voit également Pum arriver quelques secondes plus tard…

– Mais ce n'est pas cela qui est vraiment intéressant. Maintenant regardez ceci !

Isabella apparaît sur la caméra n° 4 près du point d'eau vers les chèvres, en train de discuter avec le cavalier.

– Ah ben ça, on ne l'a pas vu venir, s'étonne Nine.

– Ok, on a donc tout faux à mon avis, il faut tout reprendre depuis le début, suggère Pum qui se lève et commence à faire les cent pas.

– Excellente idée, comme dans une bonne série policière, c'est ma spécialité, je m'en occupe. Enfin on a besoin de moi, Super Nine ! s'écrie celle-ci en se précipitant sur un sac d'expédition rouge, pour en sortir des Post-it et des feutres de couleur.

– Tu as pris des Post-it ?

– Cela te surprend ?

– On avait dit l'essentiel et le strict minimum…

Nine ignore le commentaire de l'exploratrice et poursuit :

– Ok, en Suisse, on reçoit une vertèbre de dinosaure via un antiquaire aux cheveux gras. Pendant ce temps en Mongolie Bat disparaît, Vladi est sur nos talons, la femme de Bat se joint à la recherche, le mari d'Isabella est en fait le paléontologue Gustave Rouices que Pum a rencontré à Madrid et qu'elle a amené à l'hôpital après qu'il s'est fait tabasser par deux gars des Émirats… avec lesquels il prenait le petit-déjeuner ce matin ! Isabella sauve des femmes en les rachetant à des proxénètes étrangers. Et contre toute attente elle connaît le cavalier noir. Bon, je n'ai rien oublié ?

Au même moment, la porte de la yourte s'ouvre, les occupants ont juste le temps d'apercevoir une main jetant un objet qui finit sa course sur les pieds de Nine, laquelle, terrifiée, saute dans les bras de Prasenji en poussant un hurlement strident : une tête de chèvre ensanglantée gît sur le sol. L'exploratrice se précipite à l'extérieur, mais ne voit personne, enfin presque, puisqu'elle distingue Isabella à trois cents mètres de là, qui descend avec prudence les marches d'accès aux yourtes, portant un plateau garni. Pum contrôle visuellement tous les accès possibles avant qu'Isabella arrive à sa hauteur avec son chargement branlant et découvre Pumilla qui examine la tête de chèvre qu'elle tient par une oreille.

– Hello ma chère… J'imagine que tu as une chèvre en moins dans ton cheptel, fait Pum en brandissant la tête ensanglantée.

Prasenji sort juste à temps pour rattraper au vol le plateau d'Isabella, alors que celle-ci s'effondre. La pauvre, ce spectacle est la goutte d'eau qui fait déborder le vase ! Elle craque complètement dans les bras de Pum qui la porte tant bien que mal dans la yourte. L'exploratrice referme la porte derrière elle et reste dehors quelques instants. Rien ne bouge, tout est immobile, son regard de fauve scrute l'horizon dans les plus petits détails, aucun son de voix ne lui parvient… rien. Le seuil des impolitesses est dépassé. La femme qui pénètre à son tour dans la yourte n'est plus exploratrice, elle est redevenue la guerrière des steppes… On ne touche pas à sa « tribu ».

– 11 –

L'OISEAU DOIT S'ENVOLER

Dans la yourte, Nine est en état de choc et Prasenji a passé un bras autour des épaules d'Isabella. Pum ne peut s'empêcher de voir la traînée de sang sur le sol. Sans un mot, elle s'accroupit, souffle sur les braises à moitié dormantes, les couvre de petit bois ainsi que d'une bonne poignée de pommes de pin, certaine que cela va rassurer tout le monde. L'odeur des forêts du Nord envahit rapidement la yourte et les petits craquements familiers qui se dégagent du feu font gentiment retomber la pression. La théière se met à ronronner peu de temps après. Brusquement, la porte s'ouvre, tout le monde retient sa respiration…

– Grands dieux ! Ils ne peuvent pas frapper comme tout le monde ! s'exclame Nine, sur les nerfs.

Ce n'est que le vieux Mooji. Il entre sans autre formalité et s'adresse à Isabella en mongol : l'oiseau doit s'envoler cette nuit, la tempête sera forte, la Lune est bientôt pleine. Son regard s'arrête quelques secondes sur Pumilla, qui le salue silencieusement d'un signe de tête. Elle a compris les mots du vieux ; Isabella s'en assure du regard, et demande à Mooji de ramasser la tête de la pauvre chèvre sur son passage.

– C'est déjà fait, les vautours se chargeront du reste, répond celui-ci en refermant la porte sur son passage.

– Est-ce que quelqu'un peut m'expliquer ce qui se passe ? s'exclame Nine.

– Assieds-toi, je vais vous raconter mon histoire, depuis le début cette fois, répond Isabella.

Le thé est servi, et Isabella s'assied sur ses talons, les jambes repliées sous son corps. Elle fixe les flammes, tournant le dos à son auditoire…

– Je viens d'une famille nombreuse, commence Isabella. Nous avons été élevés dans les forêts du Nord, la région du lac Khövsgöl à la frontière russe, plus précisément en Bouriatie. Ma maman était une des chamanes les plus puissantes de la région, les gens venaient de Sibérie et de toute la Mongolie pour la consulter. Elle a été reconnue comme faisant partie d'une lignée de chamanes prestigieux, comme son père avant elle. Son mari a découvert seulement quelques lunes après leur mariage arrangé qu'elle était chamane. Ainsi étaient inscrits leurs destins… Il a toujours été furieux de cette situation. Ma mère était alors très puissante et respectée de tous sauf de son propre mari, l'ego de celui-ci ne pouvant supporter son statut. Il attenta plusieurs fois à la vie de sa femme. Puis un jour elle tomba malade, personne ne sut ce qu'elle avait et après sa mort, mon père se pavana avec le sourire. Peu de temps après, il me vendit, ce fut sa vengeance pour toutes les années passées dans l'ombre de ma mère…

À cet instant, Prasenji ne peut s'empêcher de laisser son esprit partir loin au-delà de l'Himalaya, dans son village où il imagine sa maman marchant tôt le matin dans la ferme aux orangers et où tout est si paisible.

– Ton grand-papa chamane est-il toujours en vie ? demande-t-il.

– Oui, vous venez justement de le voir.

– Quoi ? Le vieux Mooji ? s'exclame Nine.

– Oui, c'est le papa de ma maman. Quand elle est morte, il a gardé un œil sur moi, apparaissant ici et là, et j'imagine qu'il aurait réagi si j'avais été vendue à l'étranger. Il était déjà très âgé, je ne pouvais pas lui demander de l'aide… Mais il n'a cessé de raconter que le temps arriverait où il devrait protéger les portes, et qu'après seulement, il serait prêt à laisser partir son âme pour le grand voyage et pourrait enfin donner son corps aux vautours. Je n'ai jamais compris ce qu'il voulait dire jusqu'à hier soir... Je me suis souvenue que notre maman nous racontait cette histoire de portes pour nous endormir petits, quand l'hiver n'en finissait pas.

Et, d'une voix solennelle, Isabella, plongée dans ses souvenirs, rapporte le récit de sa mère.

« Tout au sud, là où le sable et le vent sont maîtres, sur la terre des loups et des fantômes des montagnes, il existe un monde mystérieux appelé Shambhala. C'est une région pure qui détient l'ultime harmonie et protège la Terre. Bien qu'étant elle-même terrestre, elle ne peut cependant être située précisément sur une carte, elle ressemble à un paradis, mais une chose est sûre, elle se trouve dans le désert de Gobi. Seuls y ont accès ceux qui ont atteint un karma approprié. Cette terre cache les trésors de ce monde, les enseignements les plus anciens. Mais un jour, le ciel s'est assombri et les portes de Shambhala sont désormais menacées d'être découvertes par des forces mal intentionnées. Par précaution, les chevaliers protecteurs de Shambhala sont alors envoyés des quatre coins de la planète, de l'est, de l'ouest, du sud et du nord, pour protéger l'entrée de Shambhala, mais avant tout ils doivent trouver la clé... »

– Je ne me souviens plus de la suite, dit Isabella, mais hier soir lorsque j'ai rencontré le cavalier vêtu de sa tunique noire avec un cheval arabe et une selle que je n'avais jamais vue auparavant, il m'a rappelé cette histoire. On n'a pas ce genre de chevaux en Mongolie, il doit venir de l'est… Et il m'a demandé si j'avais trouvé la clé.

– Ok, donc tout cela n'a rien à voir avec nous et encore moins avec un os de dinosaure ? demande Nine.

– J'aimerais tant vous dire que oui… répond Isabella.

Pum secoue la tête.

– « Tout est lié », tous les événements, les rencontres que nous avons faites depuis notre arrivée sont liés… Tout et tous, Vladi, la femme de Bat, etc. C'est ce que je voulais vous dire ce matin au petit-déjeuner avant que tout cela arrive.

– Vous avez rencontré ma sœur ? s'interroge Isabella.

– Qui est ta sœur ? demandent-ils à l'unisson.

– L'épouse de Bat, Gabriella !

– ?!?!

Un long silence s'ensuit, chacun commençant à comprendre la toile d'araignée dans laquelle ils se trouvent. Isabella précise alors…

– Oui, je m'appelle Isabella, mais avant moi, il y a Gabriella ma grande sœur qui est l'épouse de Bat.

– Trop d'information tue l'information ! s'exclame l'exploratrice en rigolant. On va procéder un pas après l'autre. Pour l'heure, le temps presse. Nine, mon sac est prêt ?

– Oui, à l'exception de l'équipement d'escalade.

– J'ai tout ce qu'il faut, dit Isabella, c'était sur ta liste, Pum.

– Ok, va chercher ce matériel et camoufle-le, il faut que personne ne le voie. Et consulte la météo, spécialement la vitesse du vent, c'est important. Étant donné que ton bureau est le seul endroit où l'on peut avoir accès à internet, j'imagine que nos ennemis ne possèdent pas encore ces informations.

Isabella se lève et sans un mot sort d'un pas décidé. « Elle est en mission, pense Pum, parfait, il ne me reste plus qu'à partager cette énergie-là. » Il n'y a plus une minute à perdre, l'exploratrice se tourne vers son équipe et révèle le plan d'action qu'elle a longuement mûri depuis leur départ d'Oulan-Bator, puis adapté à la lumière des derniers événements.

Une fois ses explications terminées, elle regarde Prasenji et Nine qui sont restés silencieux. « Ce n'est pas le moment de douter de leurs capacités », se dit-elle. Elle espère juste qu'elle ne les met pas en danger…

Il flotte dans l'air une atmosphère d'inconnu et d'urgence combinés.

– Juste avant un départ, un explorateur est un peu comme un puma quelques secondes avant de sauter sur sa proie, explique Nine.

Et pourtant Pumilla a toujours aimé ce moment précis où tout est ouvert à d'infinies possibilités. Un mélange de peur, d'excitation, d'insécurité : c'est là où elle se sent le plus à l'aise, c'est sa vie.

– Il est temps de laisser la place à l'action et d'arrêter de causer, ordonne-t-elle. Allez, tous au boulot !

Prasenji a une somme de travail importante devant lui : il doit préparer tout son matériel photo et vidéo, drone et caméra infrarouge, sans compter que tous ces engins ont besoin de batteries, de housses de protection contre le sable, etc. Nine, elle, est déjà en action, étalant tout le matériel au sol, il ne restera à Pumilla qu'à choisir ce qu'elle estime indispensable pour cette mission.

Isabella réapparaît des heures plus tard avec deux gros sacs de riz remplis d'équipements de grimpe. Pum a l'habitude des Mongols et de leur sens distordu du temps qui passe. Elle rigole, mais en observant Isabella attentivement, elle note que quelque chose ne tourne pas rond : celle-ci a l'air abattu et son visage est pâle. Elle la prend à part, la regarde dans les yeux…

– Le vieux Mooji est introuvable ! murmure Isabella.

Ces mots s'échappent de sa bouche, presque inaudibles. Pum se retourne, elle est énervée et sa voix est ferme.

– Écoutez-moi bien tous ! J'en ai marre, le vieux Mooji est introuvable, il a disparu ! Ils ont généralement une longueur d'avance, mais pas cette fois. Je veux que vous dissimuliez mon départ au moins durant trois jours : est-ce que je me suis bien fait comprendre ? Racontez ce que vous voulez, que je suis souffrante au lit, faites livrer tous vos repas dans ma ger, ne laissez entrer personne sous prétexte de me laisser me rétablir. Nine et Prasenji, vous dormirez ici. Il est d'ailleurs préférable que vous déménagiez tout le matos dans cette yourte et que vous ne la laissiez jamais sans surveillance, c'est compris ? Ne sortez pas la nuit, vous urinerez dans des bouteilles, et si on me demande : je suis sous la douche, aux toilettes, absente, chez le médecin à Dalandzadgad, peu importe. J'ai besoin de trois jours.

– Tu plaisantes là ? essaie Nine.

– Je crois que tu n'as pas bien compris ! Ici le meurtre n'existe pas, tu disparais par hasard dans une tempête de sable et personne ne viendra te chercher à part les vautours qui eux te trouveront. Ce ne sont pas des enfants de chœur… Ces gens, peu importe qui ils sont, sont dangereux, ils ont de gros intérêts en jeu, je ne sais pas encore lesquels, mais je ne vais pas tarder à le savoir.

Sur ces mots, elle sort de la yourte pour prendre l'air, elle doit marcher pour mieux réfléchir.

Dehors, la tempête s'est calmée. Pum respire, scrute la ligne d'horizon qui trace la limite entre le ciel et la terre, cet horizon rempli de vide qui hypnotise même les nomades. Soudain elle se sent observée, lève les yeux au ciel et aperçoit un oiseau qui effectue un vol stationnaire au-dessus du camp. « Un seul oiseau est capable d'une telle performance, pense-t-elle, le faucon pèlerin. » Son attaque en piqué, redoutée de ses proies, lui vaut le titre d'animal le plus rapide de la planète. Elle fronce les yeux, lui envoie un message silencieux de bienvenue. Une chose est sûre, il n'y a pas en temps normal de faucon pèlerin dans le Gobi, enfin maintenant il y en a un…

Le faucon pèlerin fait partie de la vie des gens de pouvoir depuis des siècles. En Égypte ancienne, par exemple, le faucon est même entré par la grande porte dans la légende et est représenté par l'homme à la tête de faucon qui n'est autre que le dieu Horus[16]. Aux Émirats, utilisé initialement pour la chasse aux petits mammifères, il devint rapidement le compagnon de l'élite.

« Par conséquent, il doit y avoir un fauconnier pas très loin », se dit-elle en scrutant la butte derrière le bâtiment principal. Mais la visibilité étant mauvaise, elle ne voit rien. Elle se souvient des hommes du petit-déjeuner qui, si ses suppositions sont justes, doivent venir du Moyen-Orient. Et se

---

16. Les hiéracocéphales sont (en particulier en égyptologie) des divinités et des créatures humanoïdes à tête de faucon.

souvient aussi très clairement de sa mésaventure à Madrid avec les deux armoires à glace qui ont tabassé le professeur. Que faisaient-ils ce matin chez Isabella à prendre le thé ? Leur présence la rend maintenant encore plus suspicieuse à leur égard… Elle se rappelle enfin ce que lui avait dit la serveuse du restaurant où elle avait mangé en compagnie du professeur et de son collègue : « Son ardoise est payée par mon patron, ne t'inquiète pas », en précisant que son patron était le bras droit d'un cheikh des Émirats qui se faisait appeler « le Faucon ».

Encore un faucon, donc… Mais que viendrait chercher un cheikh arabe ici ? « Le sol mongol renferme un peu de toutes les ressources minières possibles », se dit-elle après réflexion, c'est une évidence. Elle se rappelle ce géologue américain qu'elle avait rencontré au fin fond du Gobi : « La question, lui avait-il confié, n'est pas de savoir si on va trouver quelque chose, mais ce qu'on va trouver. C'est le paradis pour un géologue, ici, tu fais un trou, tu remontes quelque chose… » Étrange quand même, elle qui y a déjà vu des équipes de prospection chinoises, américaines et même des Ninjas italiens, elle n'a jamais croisé personne des Émirats. Dans la capitale, même scénario : des Russes, des Coréens, mais personne des Émirats. Bizarre. Ce détail, qui selon elle n'en est plus un, l'intrigue… Si ce n'est pas pour des ressources minières, c'est pour quoi ? Une seule personne peut répondre à cette question : le professeur Gaston Rouices, le mari d'Isabella. Mais c'est exactement l'erreur que Pum ne veut pas faire : cela se retournerait contre Isabella, peu importe le débat. C'est la mission de Nine et de Prasenji de découvrir où se trouvent les fouilles de ce cher professeur. Une chose est sûre, il y a bien trop de faucons dans cette histoire, il est temps de partir et d'inverser cette dynamique ; elle jette un coup d'œil au-dessus du camp, le rapace a disparu…

Quelques heures plus tard, le sac à dos de l'exploratrice a été méticuleusement préparé, elle le met en place pour vérifier la répartition du poids. Ses chaussures aux pieds, elle est prête. Nine boit un thé près du feu, Pum la sent tendue, elle la rejoint.

– Tu ne penses pas que c'est trop risqué ? Que l'on devrait plutôt rester ensemble ? Et au fait, tu vas où exactement ?

– Si je te dis où je vais, cela peut être dangereux pour toi, il vaut mieux que tu ne connaisses pas ma destination.

– Et tu dis avoir vu l'endroit où tu dois te rendre durant ta méditation ? Ce n'est pas un peu tiré par les cheveux ?

– Ma chère Nine, ne sois pas inquiète et surtout ne me vole pas ma foi.

– Ta foi ? Tu n'es même pas croyante !

– La foi est notre capacité à croire en nous-mêmes, en nos capacités illimitées. Mais avant tout, à croire en la magie dans nos vies. Les mots ont des pouvoirs, nos instincts sont nos guides… Moi j'ai décidé de suivre le mien… Au fait, j'oubliais : tu sais faire voler un petit avion, Nine, n'est-ce pas ?

– Oui, mais pas avec ce temps et on n'est pas près d'avoir un bulletin météo qui tienne la route. Isabella n'a aucune connexion à cause de la tempête.

– Je suis allée un peu fouiner derrière la butte à l'ouest, il y a un petit avion qui est stationné là.

– Hum, intéressant… Je vais me renseigner en cuisine discrètement, les filles savent sûrement. Elles me doivent un service, je leur ai promis de réparer leur pompe à eau chaude qui fait des ratés monumentaux.

La nuit arrive, Pumilla décide de manger avec son équipe à la grande table comme d'habitude. Le repas terminé, elle échange encore un regard complice avec Isabella qui sert les autres clients et se lève. Elle souhaite une bonne nuit à tout le monde. Le vent est maintenant si intense qu'il est difficile de se tenir debout et le sable pique comme des aiguilles.

Le jour vient de tomber, la tempête de sable rend l'obscurité opaque mais on peut y deviner la silhouette de l'exploratrice recourbée sur elle-même, qui contourne la butte, passe devant la yourte vide du vieux Mooji, puis plonge plein sud à travers le couloir de trente kilomètres qui sépare le camp de la chaîne de montagnes… « L'oiseau s'est envolé. »

– 12 –

PLEINE LUNE

La nuit est descendue depuis peu, une silhouette progresse tête baissée dans la pénombre. Pumilla a choisi ce moment, qui est loin d'être idéal, pour ne pas attirer l'attention et passer incognito. L'exploratrice excelle en condition extrême et l'effort qui lui est demandé ici requiert des connaissances pointues, son arme favorite étant sa capacité à évoluer dans l'ombre, se rendre invisible dans un décor, en suivant les rythmes du lieu. Un exercice à part…

Pumilla est en pleine tempête de sable, sans lampe. La Lune sera pleine dans quatre jours, sa presque rondeur irradie déjà, une luminosité qui assiste l'exploratrice dans son échappée. À chacun de ses pas, elle pose ses pieds à l'aveugle, elle qui a si souvent été dans des conditions similaires où chaque pas compte comme un pas de plus dans la bonne direction. Elle a affronté dans sa vie les éléments naturels les plus extrêmes. Une tempête de sable de cette ampleur terroriserait une personne qui n'a jamais vécu ce phénomène ; c'est comme une énorme vague brune qui s'abat.

« La lutte doit devenir une acceptation mentale de l'épreuve, ce qui permet de se connecter à l'instant présent à travers l'effort. La douleur n'est autre qu'un outil qui donne accès au grand tout », explique-t-elle parfois.

Elle tourne le dos au monstre un instant et plonge sa main dans la poche latérale droite de son pantalon pour en retirer sa précieuse boussole. Elle vérifie sa trajectoire « plein sud ». C'est tout ce qui lui importe : elle doit parcourir une trentaine de kilomètres dans ces conditions avant d'arriver au pied de la chaîne de montagnes qui la camouflera. La puissance du vent associée au sable crée un mur opaque qui s'élève sur plusieurs dizaines de mètres. Les grains de sable lui fouettent le visage malgré son équipement de protection. Elle a estimé qu'elle atteindrait les premières formations rocheuses vers 10 heures le lendemain matin, la tempête aura alors effacé toute trace de ses empreintes au sol et sa traversée « exposée » sera passée inaperçue. Avec une météo comme celle-ci, personne ne se déplace, ni à cheval ni en voiture, et encore moins en avion, c'est trop dangereux. Mais à pied, c'est possible si l'on connaît le terrain, et la chose est certaine, Pumilla Isquarm sait exactement où elle va. Le masque qu'elle porte est normalement utilisé par les skieurs, et avec le foulard qui lui cache le visage, elle est à la fois protégée et méconnaissable.

Cela fait plus de trois heures maintenant qu'elle marche, le sable sous ses pieds devient progressivement moins ferme. Elle s'enfonce bien plus qu'au départ. Elle estime qu'elle est au premier tiers de son trajet. Cet endroit où le sable se défait doit correspondre au lit de la rivière qui coulait ici il y a de cela des centaines d'années, au temps où le désert de Gobi était un paradis recouvert de végétation et de rivières généreuses. Pum décide de s'arrêter un instant, pose son sac à terre pour la première fois depuis le départ. Elle sort sa bâche qui essaie de lui échapper en claquant au vent, et la dompte in extremis. Elle finit par s'asseoir adossée à son sac, se recouvrant avec la bâche. C'est un abri de fortune, mais un abri quand même. Il lui permet de retirer ses protections et de respirer un peu, sans oublier de s'hydrater. En vérifiant sa trajectoire, elle remarque qu'elle a dévié modérément sur la droite, en tant que droitière c'est presque inévitable, et lors d'une progression à l'aveugle ce détail a toute son importance. Il est donc évident que sa jambe droite est sensiblement plus forte et que la trajectoire en sera influencée de quelques degrés. Elle se relève dans le vent qui siffle de plus en plus fort. Les dieux sont fâchés ! Elle repart après quelques minutes seulement, il ne faut pas tarder, sachant ce qui l'attend.

Les heures passent, son rythme est régulier et monotone, elle avance tête baissée et très concentrée, parce que le vent, de par sa force et sa folie, tend à la dérouter. Le soleil se lève enfin, accompagné d'une accalmie éphémère. Peu après 10 heures, elle atteint les premiers rochers. Le froid de la nuit est désormais derrière elle, des gouttes de sueur s'écoulent sur le côté de ses lunettes de protection qui sont collées à sa peau. Elle contourne les rochers pour accéder à une deuxième barre de blocs gigantesques où le vent sera plus docile. Elle a posé son camp exactement au même endroit il y a de cela une dizaine d'années, et elle connaît dès lors l'existence du puits à deux cents mètres, dissimulé sous des peaux tannées et stabilisé par du sable : un œil inexpérimenté n'y verrait rien d'autre qu'un léger monticule sablonneux. Elle monte sa tente couleur sable au pied des rochers et s'écroule de sommeil, elle sait qu'elle est désormais en sécurité. Elle ouvre un œil vers la fin de l'après-midi seulement, et découvre que le dessus de son sac de couchage est recouvert d'une fine couche de sable ! Sa bouche est sèche, elle cherche sa gourde d'un geste machinal, et tout en buvant se souvient de son rêve singulier. Depuis l'Inde, depuis sa rencontre avec l'homme à la barbe et Ritaya, elle fait le même rêve, nuit après nuit : elle est sur le dos d'un oiseau, elle vole paisiblement, mais l'oiseau est différent à chaque fois.

Pour le moment, elle n'a pas le temps de s'interroger, elle doit aller chercher de l'eau et se préparer pour repartir à la tombée de la nuit.

En sortant de sa tente, elle a la bonne surprise de constater que la mauvaise humeur du vent s'est adoucie, la tempête s'est dégonflée, l'atmosphère est respirable à nouveau même si des particules de poussière résident encore dans l'air. Un brouillard couleur sable stagne dans l'atmosphère, volant la beauté habituelle de ce lieu. Elle se dirige vers le puits caché, en dégage le sable avec précaution puis en retire les peaux de bêtes, et soulève la planche qui sert de couvercle. Tout cela est excitant, un peu comme la première fois qu'elle a découvert un de ces points d'eau secrets, par observation et déduction. Il faut des conditions particulières pour qu'un puits existe : un terrain permettant au bétail de boire tranquillement, protégé des loups et des brigands et abrité du vent autant que possible ; et en même temps disposant d'un point en hauteur où pouvoir monter la garde. Pumilla est devenue une experte en la matière, capable de décrypter une situation en un coup d'œil. Dans ces cas-là, elle prend en compte tout le décor, chaque détail doit être à sa juste place, et grâce à son esprit de déduction elle arrive à tirer une conclusion. Elle a plus souvent dans sa vie dormi dans une tente en pleine nature que dans un lit ! En réalité, elle est en constante observation de ce qui l'entoure. Elle a mis en place un système de scannage automatique auquel se greffe sa mémoire visuelle ; sans s'en rendre compte, elle enregistre chaque détail. Eh oui, une vraie Sherlock, mais en version *wild*.

Elle le dit souvent : « Quand il en va de sa vie, il est intéressant de constater que l'on a des ressources insoupçonnées. » Mais avant tout : « Arrêtez de subir votre vie, vivez-la ! Si vous n'avez pas peur, vous n'êtes pas au bon endroit… »

Elle dégage donc le puits, préoccupée par l'éventualité qu'il soit à sec : tant de temps s'est écoulé depuis sa dernière visite. Elle se penche en avant et reçoit en retour le reflet de son image à la surface de l'eau. Elle laisse échapper un « YES ! ». Ah, l'or bleu ! Ces puits sont de simples trous, pas très profonds pour la plupart, où l'eau de la nappe phréatique remonte. Un seau en plastique blanchi par le temps flotte à la surface. Elle l'immerge et le remonte sans effort. Elle y trempe son index et le porte à sa bouche, elle est satisfaite : l'eau n'est pas salée, ce qui aurait pu être le cas. Elle relève le buste pour prendre son container d'eau et du coin de l'œil, remarque alors un homme qui l'observe du sommet des rochers. Elle plisse les paupières pour mieux l'examiner : il a les bras croisés, les jambes écartées – en position de dominance, pense-t-elle –, et son ample tunique noire flotte sous les rafales du vent. Il ne se cache pas. Elle le reconnaît : c'est le cavalier noir. Encore lui ? « Bien étrange », se dit-elle ! Comment est-il arrivé là ? Il a donc dû voyager pendant la tempête comme elle…

Elle recueille son eau et referme le puits avec précaution en effaçant ses traces de pas et tout autre signe de sa présence. Elle se retourne et cherche l'homme du regard, en vain : il a disparu. Elle démonte son camp et attend patiemment sous un rocher que la nuit tombe. La tempête a duré plus longtemps que prévu, mais Pum a tout de même vingt-quatre heures d'avance. C'est déjà ça, pense-t-elle. Théoriquement son équipe doit lui faire gagner du temps en propageant la rumeur d'une mauvaise gastro qui la clouerait au lit. Cela devrait suffire pour qu'elle atteigne sa destination incognito.

Elle se hisse sur le sommet du plus gros rocher pour observer les alentours, où rien n'a changé, lui semble-t-il, depuis la dernière fois : du sable à perte de vue, personne à des kilomètres à la ronde… sauf bien sûr l'homme de tout à l'heure, qui a disparu sans laisser de traces. Les lignes de son front se plissent, ce qui lui arrive lorsque quelque chose l'intrigue, et c'est le cas, même si elle a l'intuition que ce personnage vêtu d'une tunique noire est davantage un protecteur qu'un agresseur.

La lumière diminue déjà et le vent s'affaiblit, il en devient quasi agréable, tandis que la fraîcheur du soir monte doucement du sol, libérant des odeurs minérales. La nuit se présente. C'est un des moments préférés de Pumilla ; être témoin de cette passation de flambeau donne accès « au secret de la vie » : quelque chose doit mourir pour renaître. Le plus grand mystère de tous les temps s'opère juste là sous nos yeux à chaque fin de journée, pour renaître le lendemain à l'aube, jour après jour. C'est le moment précis qu'elle choisit pour recommencer à marcher ; elle file entre les rochers direction sud-ouest.

Sa progression est plus lente à cause de la configuration du terrain, mais Pum peut compter sur la lumière que dégage la Lune qui est bien plus intense sans le sable en suspens dans l'air. Le vent ne s'est pas levé comme à son habitude, et la nuit semble étrangement vide de résonances. C'est alors qu'une créature nocturne passe silencieusement à quelques centimètres à peine au-dessus de sa tête. Elle reconnaît aussitôt le son particulier que produit le battement de ses ailes, un léger « vuuiii, vuuii » : plus il y a de temps entre les deux sons et plus l'oiseau est grand, elle le sait. Sans l'avoir vu, elle arrive donc par déduction à identifier sa taille ; il s'agit d'un grand rapace. Elle s'immobilise et écoute la suite, il y a toujours une suite… Mais aucun autre son ne sort de la nuit. À ce moment précis, Pumilla scrute l'obscurité, elle a une drôle de sensation, quelque chose ne lui semble pas normal, sans qu'elle puisse préciser son impression. Son intuition est toujours juste. Quelques secondes plus tard, l'oiseau réapparaît, mais cette fois il se pose à côté d'elle, sur un rocher. Il est majestueux. Elle s'étonne qu'il se tienne si près d'elle. Au même moment, dans l'obscurité, une silhouette s'approche sans un bruit, la luminescence de la Lune révèle ses contours. Elle n'a pas l'intention de se cacher, elle a une petite idée de qui cela peut être, et cette fois elle lui fera face. Elle monte sur le rebord d'un rocher pour être en position supérieure. Moins d'une minute plus tard, le cavalier en tunique noire apparaît. Elle n'est pas surprise, sa silhouette est encore plus impressionnante sur un cheval. Sa monture est d'une rare beauté, étrangère aux steppes mongoles. Il la salue d'un hochement de tête, puis il regarde le rapace qui n'a pas bougé, lui fait un signe de la tête et celui-ci s'envole. Pumilla n'a pas manqué un seul détail de la scène. La nuit est calme, et pourtant son cœur bat la chamade. Son bon sens lui dit de prendre ses jambes à son cou, mais elle n'en fait rien. Elle qui connaît cette montagne comme sa poche, elle aurait sa chance pourtant. Mais tout cela l'intrigue ! Et ce n'est pas l'adrénaline du danger qui pulse dans ses veines, non c'est autre chose, car normalement face à l'urgence de l'action, elle reste froide, précise et calme comme une guerrière.

Ils se toisent en silence, tandis que les secondes s'écoulent. Il finit par se retourner sur sa selle, comme pour vérifier s'il a été suivi.

« Non, se dit-elle, il n'y a personne, l'air ne sent pas l'humain… »

À ce moment précis, il reprend sa position et la fixe du regard. Elle est surprise, il a l'air d'avoir compris. A-t-elle parlé à voix haute ?

– Monte, on y sera plus vite, et le temps presse, ordonne-t-il.

Quelques secondes lui suffisent pour prendre sa décision et se hisser à l'arrière de l'étalon. Dans la nuit silencieuse, bercée par le mouvement du cheval, elle a à nouveau cette sensation de déjà-vu. Elle se tient à la taille de son cavalier, plus par nécessité qu'envie. Ses doigts lui renvoient une image mentale de ce corps musclé qui réveille des sensations qu'elle ne connaît que trop bien ; elle serre les dents en faisant une grimace qui en dit long, et essaie de penser à autre chose.

Il lui aura fallu parcourir peu de kilomètres cette fois pour retrouver son état « originel », où son instinct prend le dessus sur son intellect. La marche lui a tout appris, le fait d'avancer et de poser chacun de ses pas conscient, jour après jour, dans l'inconnu est un exercice que peu de gens sont prêts à pratiquer, et encore moins durant des années. C'est un choix de s'exposer. Des années de cet apprentissage l'ont dépouillée de toutes les couches inutiles et superficielles que l'on accumule dans une vie. Cet état de dénuement est en interaction directe avec la Nature : un peu comme une éponge, elle arrive à absorber et comprendre ce qui l'entoure, cela la relie au « tout ». Son animalité est donc une fonction qu'elle sait utiliser quand il le faut, et à cet instant précis cela lui semble le bon moment. Elle est suffisamment proche de son cavalier pour respirer son odeur. Pour elle, l'odeur est un peu comme une carte d'identité ; elle n'oublie jamais une odeur et c'est très naturellement que depuis sa position, elle se permet de le humer discrètement. Une fois l'opération effectuée, elle reste perplexe. Cette odeur ne lui est pas étrangère, elle l'a déjà sentie mais où exactement ? Elle cherche… Pumilla se laisse bercer à l'arrière du cheval quand soudain, eurêka ! C'est l'odeur qui se trouvait dans sa yourte le matin où elle a découvert le médaillon ! Elle en est certaine : un mélange épicé et doux avec une touche de myrrhe. Cela confirme que l'intrus qui a déposé le médaillon est bel et bien l'homme aux muscles saillants auquel elle s'accroche en ce moment même ! « Mon Dieu », se dit-elle en levant les yeux au ciel. Elle entend déjà Nine : « Pumilla Eve Isquarm, dans quel pétrin tu t'es foutue ! » Elle sent que l'homme dans la nuit sourit de la situation, il sait qu'elle sait… Le haut de son corps est collé contre le sien et pour rien au monde elle ne va changer de position, elle préfère faire face aux conséquences juste pour cette fois…

Le cheval évolue habilement sur le terrain accidenté et escarpé malgré l'obscurité et la surcharge de poids que représente Pumilla. Ils progressent en silence durant de longues heures pour accéder au sommet de la crête où l'homme décide d'arrêter sa monture. Il en descend le premier, mais à peine a-t-il touché le sol que Pum l'imite sans difficulté. Il attache son cheval et grimpe au sommet du rocher qui marque le point le plus haut avec une agilité surprenante aux yeux de Pumilla, qui le suit. Il scrute l'horizon, l'air inquiet ; la Lune dévoile sur des dizaines et des dizaines de kilomètres carrés un Gobi qui semble dormir, la visibilité est surprenante, quasiment infinie. En contrebas les moindres dépressions au sol sont marquées par une ombre. Le temps semble s'être arrêté sur ce spectacle d'une beauté intemporelle. Pensive, Pumilla passe ses doigts sur le médaillon qui n'a pas quitté son cou. Elle ne comprend pas encore le sens de tout cela, mais son intuition est forte et claire et cela lui suffit pour le moment. Elle a appris avec les années à faire confiance à son instinct et aux sensations qui lui parcourent l'échine. Mais sont-elles liées à son attirance physique presque organique ? Elle n'a pas le temps de répondre à ces interrogations : soudain le rapace arrive de nulle part et se pose à côté d'eux. Il replie ses ailes au repos et, comme une réminiscence, Pumilla entend de nouveau la voix de l'homme à la longue barbe en Inde : « Tes alliés sont ceux qui ont besoin du vent pour s'élever, de liberté pour vivre. »

« Les oiseaux, encore… C'est une évidence », murmure-t-elle.

Le visage de l'homme à la tunique noire s'éclaire.

– Je m'appelle Amgar, dit-il avec un sourire qui désarmerait un bataillon, je viens d'une longue lignée de chefs bédouins.

– Pumilla, juste Pumilla, répond-elle bêtement.

Elle aimait mieux quand il ne parlait pas, sa voix grave la fait frissonner… et ce n'est pas de peur. Elle ose à peine le regarder.

« Mon Dieu, mais ressaisis-toi, Eve Isquarm ! » Elle se mord la lèvre inférieure en espérant ne pas avoir parlé à haute voix.

Il la contemple, et sans baisser le regard retire lentement le tissu qui lui cache le visage et la tête, laissant apparaître de longs cheveux noirs qui brillent sous l'éclat de la Lune. Sa présence crée comme un brouillard dans la tête de Pum, elle n'arrive plus vraiment à se concentrer, pourquoi est-il si, si ?… Elle s'avance tout au bord du promontoire rocheux pour prendre l'air et regarde le vide en dessous d'elle ; le léger vertige qu'elle éprouve l'incite à s'accroupir comme elle le fait dans la nature, en coinçant un pied sous son poids et en prenant appui sur l'autre. C'est une position dans laquelle elle peut rester des heures sans effort. Sous le regard de l'oiseau qui l'observe toujours, elle a une sorte d'étourdissement, comme souvent quand elle passe dans un état second, et elle doit fermer ses yeux pour mieux contrôler cette sensation. Quelques minutes passent. Puis soudain, elle a une étrange sensation et intègre le corps de l'oiseau, devient « lui », et se jette dans le vide, ouvre ses ailes en poussant un petit cri étouffé ; elle sent le vent la porter, la sensation est incroyable… Une euphorie de liberté pure. Même si son corps physique est toujours accroupi sur le rocher, son esprit, lui, vole. Elle teste ses ailes et pousse légèrement sur celle de droite, ce qui la fait virer et descendre, elle se ressaisit. « Waouh, waouh, waouh » : le grand rapace de tout à l'heure surgit à ses côtés. Ils survolent les environs ensemble, puis s'éloignent à grands battements d'ailes jusqu'à ce que la montagne aux Vautours, qui est la destination secrète de Pum, apparaisse. La montagne en question fait partie d'une formation rocheuse gigantesque très particulière. Avec si peu d'efforts, Pum se retrouve au sommet de la fameuse paroi rocheuse. Les différentes couches de sédiments sont accumulées à la base, mais dans sa hauteur, le rocher se distingue singulièrement des autres. Il ressemble à une pâte qui aurait durci il y a des millénaires, avec des trous qui s'apparentent à ceux d'un fromage. Ce lieu est spécial, elle le savait déjà lorsqu'elle l'a découvert par hasard, en échappant à des trafiquants lors de sa traversée du Gobi à pied. Aujourd'hui, ce qui l'intéresse, c'est la grande cavité tout en haut du bloc principal, où un énorme nid est installé, soigneusement composé de rameaux entrelacés de saxoaul : ce bois, presque imputrescible, est blanchi par les années dans les conditions météorologiques extrêmes que subit le Gobi, ce qui lui donne cette uniformité surprenante qui s'apparente à une œuvre d'art contemporaine.

Elle ne sait combien de temps s'est écoulé avant qu'elle rouvre les yeux : elle n'a pas bougé, elle est toujours accroupie sur le promontoire rocheux entre l'homme et l'aigle, les deux la fixent, le premier avec inquiétude… Quelques secondes lui sont nécessaires pour reprendre ses esprits.

Cette expérience a créé comme un vide en elle. Et soudain, contemplant l'horizon, Pumilla se sent irrésistiblement happée par la nuit, la roche, l'air, le sable : les éléments qui l'entourent semblent lui dérober chaque particule de son corps petit à petit jusqu'à ce qu'elle finisse par perdre son identité. Tout cela est baigné d'une douce sensation d'amour de la nature tout autour d'elle. Elle devient la nuit, le rocher, l'air, le sable ; elle n'est plus elle-même, mais gagne une sorte d'interconnectivité infinie. Comme un glaçon qui fond au soleil, elle est nulle part et partout.

L'oiseau la regarde et cligne des yeux avant de s'élancer sans un bruit ; il laisse ses ailes le porter en planant, puis, en quelques battements d'ailes seulement, il reprend de l'altitude et disparaît à l'horizon…

Elle le suit des yeux aussi loin qu'elle le peut. Elle scrute l'horizon encore un instant avant que son cœur se remplisse d'une vague de tristesse : elle a l'impression d'avoir perdu un être très cher. Elle se retourne pour se confier à Amgar… mais il n'est plus là, il a disparu, tout comme l'étalon.

La nuit lui paraît bien hostile sur le moment, ne lui a-t-elle pas volé… ? Elle s'arrête net, refusant de prononcer le nom qu'elle a dans la tête. La réalité est qu'elle est frigorifiée, seule en haut de cette montagne, lasse et fatiguée. Elle retrouve son sac, en retire son sac de couchage et s'installe à même le sol derrière une grosse pierre protectrice. Elle n'a pas la force de marcher, elle veut juste dormir un peu, c'est le meilleur médicament pour ce qu'elle a. Aussitôt installée, elle sent ses yeux se fermer et le froid lui mordre le visage gentiment, puis plus rien. Et ce jusqu'à ce que le vent se lève à nouveau, aussi violent qu'à son habitude, ce qui la réveille, mais cette fois, il lui faut quelques secondes pour reprendre ses esprits…

Tout est rentré dans l'ordre, pense-t-elle en se relevant. Il fait encore nuit, mais le ciel a déjà perdu son noir profond qui laisse place à un ton bleu foncé. Elle n'a pas besoin de regarder sa montre pour savoir que le jour n'est pas très loin et qu'il lui faut se dépêcher. Elle est en mode guerrière : quelques gestes calculés suffisent pour qu'elle soit prête. Elle descend du rocher, retrouve le sable et décide de longer la base du mur le plus proche de la roche, tandis que le faible halo lunaire détache son ombre sur le sol. Soudain, des bruits de moto résonnent violemment dans la nuit, par réflexe elle se jette à la base de la face rocheuse, dans l'ombre de celle-ci. Après réflexion, estimant les vrombissements suffisamment éloignés, elle s'élance pour créer de fausses traces en se dirigeant vers un rocher dans la direction opposée. Elle retrouve sa position juste à temps, là où elle a laissé son sac, dans l'ombre. Et elle attend, recroquevillée, que les motos se rapprochent… Elle ferme les yeux et s'applique à détacher mentalement les bruits de moteur qui lui parviennent : elle évalue à quatre ou cinq le nombre de deux-roues. C'est une forme de transport idéale dans ce désert, et ce sont certainement de ces vieux modèles russes indestructibles et très efficaces qu'on voit un peu partout en Mongolie. Elle est presque sûre qu'ils naviguent sans phare. Elle est en sécurité, pense-t-elle.

– 13 –

LE ROCHER AU VAUTOUR

Les motos se rapprochent. Pumilla est recroquevillée contre la paroi rocheuse, épousant l'ombre. Ces quelques minutes avant le danger sont terrifiantes, mais pour elle, chacune résonne comme un tambour l'invitant à affronter l'ennemi, réveillant une force ancestrale qui lui vient des mondes d'avant, une force qu'elle reconnaît dans sa lignée de guerrières de la Terre. Telle une masse en fusion qui désintègre tout sur son passage, elle rend son corps au Divin et fait taire l'impossible. Ils ne sont plus qu'à deux cents mètres de sa position juste derrière le rocher. Soudain, un mouvement au-dessus d'elle attire son attention : un rapace la survole. Elle a encore le nez en l'air lorsqu'un nuage de poussière lui arrive dessus, une main de fer l'empoigne et la propulse sur l'arrière d'un cheval. Ils ont le temps de contourner une autre butte rocheuse et de s'arrêter net ; la scène n'a duré que quelques secondes. Elle entend le bruit des moteurs ralentir exactement là où elle était installée, son empreinte thermique doit encore y être. Les engins tournent en rond, les moteurs retentissent par saccades à chaque fois qu'un coup de gaz est donné… Ils cherchent, fouinent. Les secondes s'étirent, pendant que les mécaniques résonnent dramatiquement en écho contre les parois rocheuses. À quelques pas de là seulement, Pumilla est aussi immobile que du marbre derrière un homme qu'elle ne connaît pas, il ressemble à un géant sur un cheval qui paraît avoir lui aussi compris la situation et ne bouge pas une oreille.

« Tout est sous contrôle », murmure Pum intérieurement.

Elle sourit en levant les yeux au ciel ! Comment a-t-elle fait pour se retrouver dans cette situation ? « *Again!*[17] », dirait Nine.

Les moteurs finissent par s'éloigner, ce qui la sort de ses réflexions. Ils sont partis. Elle casse son immobilité pour se laisser glisser du cheval, quand une main du cavalier la rattrape avant qu'elle amorce sa descente et la remet en selle, la plaquant fermement contre lui. La main est presque aussi large que le bas de son dos…

---

17. Encore.

Le nez écrasé contre le tissu du vêtement du cavalier, elle reste ainsi cinq bonnes minutes, ce qui lui paraît une éternité. « Son odeur est loin d'être douceâtre et épicée », pense-t-elle (hum).

Soudain une moto qui est restée en arrière se remet en marche et commence à patrouiller dans les environs. Elle arrive dangereusement à leur hauteur quand un cri strident résonne dans la nuit. Elle n'a pas besoin de lever la tête, elle reconnaît l'oiseau. Créant la diversion, celui-ci attire l'attention du motard, qui décide de faire demi-tour. « Étrange comme ce rapace arrive toujours au bon moment », remarque-t-elle.

Le cavalier descend en premier, puis la prend par la taille comme si elle était un brin d'herbe et la dépose au sol. Il est mongol mais elle n'arrive pas vraiment à voir son visage comme il faut. Au vu de sa corpulence athlétique et de sa prestance, il descend clairement d'une lignée de guerriers. Les dessins rouges et noirs de sa selle l'intriguent, elle a déjà vu ce genre de marqueterie, mais où ?

– Oh mon Dieu ! s'écrie-t-elle.

Elle empoigne le bout de la manche du manteau traditionnel de son cavalier, ce qui attire son attention et découvre son visage. Elle reste figée un instant, sans pouvoir parler. Lui, il sourit :

– *Hopefully next time you invite me for tea. You have to be careful; the Russians do these tricks like leaving, but a man will always stay behind. So, you step out of your position and he gets you!*[18]

– Je parle votre langue maintenant, répond-elle en mongol.

Il incline la tête en avant et émet un « za » d'approbation sans la quitter des yeux.

– C'est la deuxième fois que vous me sauvez ! Je commence à avoir une ardoise qui va être difficile à rembourser.

Il se retourne et la fixe.

– Il est impératif que tu restes en vie encore un peu, tu dois accomplir ta mission !

– Encore… un… peu ! s'exclame Pum, ne sachant pas s'il faut rire ou pleurer. Quelle mission ?

Le langage de son corps et la force qu'il dégage semblent mêlés d'une pointe de désespoir, ce qui intrigue l'exploratrice au plus haut point. Un Mongol de cette stature ne laisserait jamais transparaître ce sentiment en temps normal… Que se passe-t-il ? Il continue avec ces mots étranges :

– Ta vision doit s'ouvrir pour sentir la force invisible du désert et comprendre la beauté de sa main de fer… Et quand le vent s'arrêtera sans prévenir, tu te réveilleras et te rendras compte de cette petite fleur qui a décidé de grandir juste là sur un banc de sable mouvant, s'exposant à tous les risques. Es-tu prête à perdre la vie pour ta

18. « J'espère que la prochaine fois tu m'inviteras pour le thé. Tu devrais faire attention avec ces Russes. Ils sont rusés, ils partent mais l'un d'eux reste toujours sur place. Alors tu sors de ta cachette, et il t'attrape… »

mission ? Tous les chemins que tu as parcourus t'ont enseigné le fondement de la « loi de la Nature ». Je t'ai observée, tu es plus courageuse qu'un guerrier des steppes. Tu sais que je ne connais personne en Mongolie qui soit assez fou pour dormir dans une forêt de saxaouls remplie de loups ?

– Comment sais-tu que j'ai dormi dans une forêt de saxaouls ? C'était bien avant de te rencontrer. D'ailleurs, à choisir j'ai une préférence pour les loups, qui sont bien moins dangereux que les Mongols.

Elle sourit pour ne pas l'offenser, même si elle pense chaque mot de cette dernière phrase. Il rit.

– Un loup n'est pas toujours un loup et un homme pas toujours un homme. Femme qui marche, j'espère ne plus te revoir, mais si on se revoit, ça voudra dire que je t'aurai sauvée une troisième fois et alors tu devras payer ta dette et… devenir ma femme.

– Quelle offre généreuse vous me faites, mais je passe la main sur cette opportunité d'une vie, vraiment ! Allez, filez, et j'espère moi aussi ne plus vous revoir, dit-elle en souriant.

– On verra ça… On verra ça, ricane-t-il.

À peine a-t-il prononcé ces derniers mots qu'il est déjà loin, laissant derrière lui un nuage de poussière. Il est arrivé de nulle part, exactement comme à leur première rencontre, voilà plus de dix ans, lorsqu'il l'a sauvée d'une meute de chiens sauvages affamés qui l'avait encerclée.

– De quelle mission parle-t-il ? Je suis ici pour trouver Bat.

Bat ! En y pensant, elle se dit que son ami n'a jamais été aussi loin qu'à l'instant… Il y a des gens que l'on croise comme ça, au cours de son existence, et qui font partie de notre vie instantanément, le temps n'a rien à voir dans ce processus… C'est juste ainsi. Bat est comme ça pour elle. Tel un frère d'un autre temps. Elle se relève, secoue la poussière qui la recouvre de la tête aux pieds, et se remet en marche. Elle ne s'accorde pas le temps d'analyser ce qui vient de se passer, elle doit impérativement arriver à la base de la paroi au nid de vautour avant que le soleil se lève. Cela va être une course contre la montre, mais s'il y a une chose où elle excelle, c'est bien de mettre un pied devant l'autre. Peu importe la difficulté, elle parvient toujours à destination.

Tête baissée, elle avance aussi vite que possible. À chacun de ses pas, le sable se soulève au même endroit sur la pointe de ses chaussures, ce qui l'amuse. Comparée à certaines de ses expéditions, sa situation actuelle ressemble à des vacances, et très vite elle arrive au pied de la paroi. Elle pose son sac et recule pour visualiser les prises possibles dans la roche : il va falloir y grimper à mains nues. En peu de temps, elle numérote et visualise mentalement les prises les plus faciles et s'engage. Elle a soigneusement laissé son sac au sol, y a attaché une corde qu'elle a nouée en bandoulière, et monte libre de poids, sans grosse difficulté, jusqu'au moment où elle enfonce sa main droite dans une prise apparemment idéale. À peine y transfère-t-elle son poids pour s'élever qu'une créature la pique ! Par réflexe, elle retire sa main, et la voilà qui se retrouve à se balancer dans le vide, suspendue à sa seule main gauche. Elle doit impérativement trouver un autre appui, et ne peut remettre sa main dans le même trou. Son bras gauche se fatigue. Dans l'urgence, elle se balance de toutes ses forces en poussant un cri d'effort surhumain qu'elle ne peut retenir. Comme une araignée, elle se retrouve plaquée contre la paroi où elle est arrivée à sécuriser la prise avec son pied et à libérer son bras gauche qu'elle secoue dans le vide pour qu'il récupère. Ses muscles brûlent sous la charge, mais il y a urgence et elle doit impérativement arriver à la hauteur du nid incognito avant le lever du soleil. La montée est lente et douloureuse. Sa force est habituellement dans les jambes, les bras, ce n'est pas sa spécialité… Finalement elle atteint sans trop de dégâts la cavité, s'y hisse en se laissant tomber juste à côté de l'énorme nid. Elle reprend ses esprits, et, agenouillée, se dépêche de tirer sur la corde à laquelle son sac à dos est attaché. Mètre après mètre, elle le remonte pour enfin l'attraper et le jeter en sécurité dans la grotte, puis elle s'écroule. C'est alors que le soleil pointe son nez juste au-dessus de la paroi rocheuse qui lui fait face et inonde avec précision l'espace où elle se trouve. Elle contemple ce spectacle de tout son être en extase, avant de s'effondrer de fatigue émotionnelle et physique… Le sommeil la consume sans effort…

Un écho lointain résonne, formant des mots qu'elle perçoit en elle : « *Believing will get you there* »…[19]

19. Croire t'y amènera…

– 14 –

LA MYGALE BLEUE

Lorsqu'elle se réveille, Pumilla a des courbatures dans les épaules et aux avant-bras. Elle s'étire et met quelques secondes à reprendre ses esprits. De son antre perché, la vue est imprenable, et elle se sent protégée dans ce minuscule espace qui lui permet juste de s'asseoir sans se taper la tête. Elle est attirée en premier lieu par l'aspect délavé qui est propre à ce désert qu'elle affectionne tant. Puis son œil repère un déplacement vers ses pieds : en se redressant un peu, elle arrive à voir… Mon Dieu ! Sérieusement ? Une araignée géante se balade, tranquille, sur le bas de son pantalon… Elle aurait préféré avoir manqué ça, parce qu'à bien regarder, c'est une mygale aussi grande que sa main. Elle constate que sa « famille »

n'est pas très loin, agrippée elle aussi au bas de son pantalon kaki. Elle n'en croit pas ses yeux ! Dans un réflexe frénétique, elle s'agite et cherche quelque chose pour les repousser, sachant que leurs poils sont venimeux, mais elle n'a rien sous la main. Elle secoue sa jambe, espérant que l'une d'elles n'a pas eu la bonne idée de passer sous le pantalon. Son niveau de stress augmente pendant que d'autres mygales, attirées par ses mouvements[20], remontent le long des parois. Elles sont toutes d'une couleur bleu roi intense comme un lapis-lazuli. Pum ne peut se retenir et lâche un « ahaaaaaa ! », les yeux prêts à lui sortir des orbites… Ça grouille de partout. Elle s'efforce de rester immobile ; sa seule option en réalité. Ce n'est pas comme si elle pouvait prendre ses jambes à son cou !

Un bruit étrange lui parvient alors, qui ressemble à une accélération de battements d'ailes, et soudain, serres en avant, le propriétaire des lieux atterrit sur le bord du nid. Simultanément, les mygales détalent et disparaissent. Pumilla observe l'oiseau avec fascination. Il est gigantesque… « C'est un vautour », se dit-elle. Très lentement, elle essaie de se rapprocher un peu plus de la paroi du fond, mais elle ne peut aller nulle part dans un espace aussi exigu. Elle reste immobile, seul témoin de cette scène. Le rapace fixe Pumilla, les ailes mi-ouvertes.

---

20. L'ouïe, chez les mygales, est totalement inexistante et la vue assez mauvaise, mais elles ont développé une sensibilité aux vibrations et aux déplacements d'air, qu'elles captent grâce aux poils qui recouvrent leur corps.

Doit-elle avoir peur ? Est-il son sauveur ? Il ne la regarde pas comme son prochain repas mais, avec ses yeux noirs, brillants et perçants, il la met mal à l'aise. En elle, la voix de l'homme à la barbe jaune rencontré en Inde résonne à nouveau : « Celui qui a besoin du vent sera ton allié. » Pumilla sent les pulsations de son cœur s'espacer légèrement, le calme revient en elle. L'oiseau de proie la regarde toujours étrangement ; doit-elle comprendre quelque chose ?

Le soleil est maintenant au zénith. La cavité où elle se trouve est à l'ombre.

Elle se sent prise au piège : devant, le vautour qui garde l'accès de son nid, et derrière, les mygales qui, infiltrées dans les interstices du mur, sortiront de leur cachette dès que le vautour partira… Les secondes s'écoulent comme des heures, elle est acculée, elle a horreur de cela… Elle pense à Prasenji. Dire qu'il rêve d'observer un jour ces mygales[21] bleues qui font partie des espèces les plus rares de la planète ! Aux dernières nouvelles, Prasenji lui a parlé d'un petit village, en Inde, qui est le seul endroit au monde où elles ont été vues. Enfin, jusqu'à ce jour ! Le climat est humide et chaud là-bas, et elles vivent dans les arbres. Mais cela n'a aucun sens, ici c'est sec et désertique ! Franchement ! Elle est là, à attendre que quelque chose se passe, et repense au cavalier mongol qui lui a dit : « Tu dois y croire pour voir. » Voir quoi ?

---

21. *Poecilotheria metallica*, la mygale ornementale saphire.

Elle remarque en se retournant que sa main est enflée, rouge sur le dessus. Elle avait complètement oublié ça… Elle examine la rougeur et n'arrive pas à voir la marque de la morsure ou piqûre, ce qui rend l'identification de son agresseur difficile. Elle se recouche avec lenteur sur son sac à dos pour ne pas effrayer le vautour, et lève les yeux en soupirant. C'est là, sur le plafond, qu'elle aperçoit un dessin gravé représentant une araignée. Il doit bien dater de… Mais un malaise interrompt ses pensées : elle transpire anormalement, et essuie son front avec le dessus de sa main… Elle met son état sur le compte du stress intense de la situation. Elle ferme les yeux un instant et se souvient qu'un problème « ne naît jamais sans sa solution ». S'il y a quelqu'un qui connaît la force de ces mots, c'est bien elle qui l'a si souvent vécue en expédition. Mais on oublie vite. « Oui, c'est cela, je vais sortir d'ici, et le plus tôt sera le mieux : *Think Pumilla, think!* » Les os qui jonchent la grotte ne l'aident pas, ils ne sont pas tous d'origine animale et ça, elle l'a su dès le premier coup d'œil qu'elle a jeté à l'intérieur de la cavité. Le vautour est un charognard qui ne chasse pas mais se contente de viande déjà morte : on l'appelle le nettoyeur. La tradition veut que les Mongols laissent leurs morts aux vautours, le reste n'est que pure logique quant à la présence d'os humains ici. Elle rigole intérieurement, n'osant imaginer ce que Nine dirait dans cette situation. Puis, en quête du seul réconfort possible, elle porte la main à son médaillon.

Pour mieux l'observer, elle retire la chaînette autour de son cou sur laquelle il est attaché et l'observe : le dessin gravé du vautour est d'une grande finesse, et au verso, il y a des inscriptions anciennes qu'elle ne peut décrypter. Elle passe son pouce lentement sur le dessus, le caressant gentiment, tout en regardant le vautour, posté là telle une sentinelle ! Et si c'était justement un gardien ? De quoi ? De cette grotte ? Et qu'aurait-elle de si précieux qu'il faille la faire garder ? Elle a un regain d'espoir et se met à chercher frénétiquement des indices, mais à part la représentation d'araignée du plafond, rien ne semble sortir de l'ordinaire. Elle respire profondément et ferme les yeux, jusqu'au moment où elle sent un souffle de fraîcheur. Elle ne pouvait le remarquer avant, trop occupée à s'agiter et à tergiverser. Pum pose sa main sur la roche du fond en quête d'une réponse et découvre qu'elle n'est pas à la température ambiante mais bien plus froide. Elle constate à nouveau qu'elle transpire anormalement – sa main est aussi de plus en plus enflée –, et elle réalise que cela ne se présente pas bien. Et si une des mygales l'avait mordue ? Elle sait qu'elle est au bon endroit, mais pour le moment, elle patauge dans son jus ! « J'ai besoin d'un petit coup de main ! », s'énerve-t-elle. Quelques minutes plus tard, elle remarque une mygale qui passe en s'aplatissant comme une crêpe sous la roche du fond. À mieux examiner la base de la paroi, elle repère une rayure au sol qui définit ce qui ne peut être qu'un passage et donc s'apparente à une ouverture possible. Ok ! Ok ! Donc ces dames viennent de… l'autre côté ? Pumilla commence à palper la pierre pour y trouver un indice, un mécanisme d'ouverture peut-être… Pendant ce temps, la mygale s'est installée sur le médaillon de Pum que celle-ci avait déposé au sol. Elle s'est carrément étendue dessus en le couvrant de tout son corps poilu…

– Oh vraiment ? Eh, ça suffit, débarrasse le plancher, c'est mon médaillon !

Comme si elle avait compris, l'araignée déguerpit. Pumilla, exténuée par les événements des dernières quarante-huit heures, part dans un fou rire nerveux.

Elle se creuse les méninges, quand soudain elle sourit ! « Mais bien sûr, eurêka, merci petite poilue ! » Le médaillon est le corps du dessin de l'araignée au plafond !

Elle se couche sur son sac à dos pour vérifier sa théorie, de sa main atteint sans problème le plafond, et place le médaillon au centre du dessin gravé. Le bijou gravé se cale dans ce qui semble être une sorte de dépression dans la roche de la taille et la forme exactes de l'objet ; il est donc apparemment prévu pour cet endroit précis. Par contre, cela ne va pas tenir, et Pum appuie d'un coup sec sur le médaillon. À son plus grand étonnement, il s'enfonce dans la roche, tandis que, simultanément, elle entend le déclic d'un mécanisme qui s'enclenche… Le vautour s'est retourné et la regarde de son œil froid.

Dans la paroi du fond, un fragment de roche très étroit s'est déplacé, qu'elle pousse lentement, avec précaution. Derrière, s'ouvre un gouffre noir sans fond, comme un énorme puits, équipé d'une sorte d'échelle en spirale, telle qu'elle n'en a jamais vu auparavant. Waouh !

A-t-elle le choix ? Entre le trou noir et le vautour sans compter la descente à pic de la falaise et le nez à nez avec Dieu sait quel bandit ? Non ! Elle n'hésite pas longtemps, d'autant qu'elle a horreur de faire demi-tour, ce qui l'a souvent mise dans des situations hasardeuses. Sa curiosité prend donc le dessus ; à regret elle va devoir laisser son sac à dos, il est trop volumineux et il va certainement la déséquilibrer dans sa descente qui s'annonce périlleuse. Elle s'engage aussitôt mais avec précaution, en passant une seule jambe pour commencer, jusqu'à la première marche. Son pas déverrouille la deuxième et ainsi de suite. Le système est complexe : elle comprend que chaque support est dégagé par la force du pas précédent. Ce mécanisme a l'air d'avoir été conçu il y a des siècles, il est supporté par une sorte d'échafaudage digne d'un croquis de Léonard de Vinci. Elle rigole malgré le danger : comme c'est ingénieux ! Une énergie cinétique ! Elle a toujours été fascinée par la dynamique des forces… Le rythme est soutenu, mais Pum, sous adrénaline, ne se demande pas quelle est la destination finale de cet escalier, ni si une remontée éventuelle sera possible.

Le mur de ce trou béant est étayé de petites briques intercalées avec minutie. « Mon Dieu que cela doit être ancien ! », se dit-elle. Plus elle descend, plus il fait frais. Sa lampe frontale ne l'aide pas vraiment, il en faudrait une bien plus puissante pour éclairer ces ténèbres. Par inattention, sa main touche soudain le mur, ce qui alerte les araignées qui débarquent par centaines. Elle les sent se déplacer dans le noir et se fige sur place, angoissée à l'idée que ces créatures puissent parcourir son corps. Elle se souvient d'un documentaire montrant une mygale injectant son puissant venin. Patiemment elle attendait la décomposition de sa victime, pour finalement la déguster sous forme liquide. Mais le plus étrange est cette relation haine-passion que la mygale entretient avec ses amoureux, leur réservant une mort certaine postaccouplement…

La mémoire lointaine de ses techniques de chasse redonne à Pum un coup d'accélérateur. Le trou est béant et semble sans fin, elle n'en voit pas le fond et le faisceau de sa lampe frontale commence à osciller pour finir par s'arrêter. De toute façon, elle n'aime pas les lampes, elle préfère s'en remettre à ses sens. Le mur n'est plus consolidé à cette hauteur, c'est maintenant de la roche. Se laissant avaler par les ténèbres, elle descend patiemment ; sa résistance n'est plus à tester, ses pas avancent aussi régulièrement qu'un métronome, la marche suivante continue à apparaître comme par magie. Après de longues et interminables minutes, Pum s'interroge :

son pied aveugle vient d'atterrir sur une surface qui semble immobile et ne déclenche rien. Avec une extrême précaution, elle cherche l'échelon suivant sans succès, elle tâtonne, de tous les côtés… Elle en vient à la conclusion que sous son pied, c'est bien du solide, elle est arrivée !

Dans la nuit toujours totale, sa première impression n'est pas la peur, mais la fascination : au-dessus d'elle, elle le sent, s'élève comme une cathédrale naturelle. Le froid monte des entrailles de la terre, ce qui lui éclaircit un peu la tête. Sentant des bruissements derrière elle, elle se retourne mais ne voit rien ; dès qu'elle s'immobilise, les petits frôlements au sol s'arrêtent aussi. Ses sens sont à vif, sa peau perçoit les moindres variations. La nuit a toujours été son amie, ce n'est pas différent ici, se dit-elle. Elle avance avec précaution sur le sol humide, son cœur bat fort, elle a droit à plusieurs doses d'adrénaline. Elle sait que faire marche arrière n'est plus une option, quand soudain, sentant une présence devant elle dans le noir, elle s'arrête net. Son ouïe exercée l'informe qu'un mouvement par vagues se déplace tout autour d'elle. C'est alors qu'un son perce la nuit, un son indescriptible d'une beauté cristalline, comme un chœur d'enfants à la voix d'ange. À la différence que les mots ne sont pas des mots qu'elle comprend, cette vibration extraordinaire transperce chaque parcelle de son corps, tout son être vibre au contact du « son ». Elle éprouve une sensation de connexion et d'amour universels. Sans pouvoir l'identifier, c'est cependant une vibration qu'elle reconnaît.

Elle est sous l'emprise de ce son qui rebondit en écho sur la roche, lorsque des dizaines de lucioles se mettent à virevolter, et éclairent la « cathédrale »[22] par touches irrégulières. Un spectacle à couper le souffle se dévoile sous ses yeux, toujours au rythme intense de la mélodie… Comme par enchantement, un arbre gigantesque apparaît, entouré de centaines de lucioles qui dansent autour de son tronc… Elle en reste bouche bée. Il lui faut bien du temps avant d'articuler : « Un arbre ici ? comment est-ce possible ? »

Le volume négatif est indescriptible, on est sous terre. Elle se sent comme une fourmi face à cette immensité souterraine. Puis elle découvre, grâce à la lumière que génèrent les lucioles, qu'elle est au bord d'un précipice : deux pas de plus et elle tombait. Mais autre chose la tétanise : les lucioles sont devenues plus agitées et l'exploratrice arrive à voir que les parois de la grotte sont entièrement recouvertes de mygales bleues. En se déplaçant par vagues, celles-ci produisent un frottement avec leurs petites pattes sur les stalagmites et simultanément

22. Cathédrale est le nom qu'elle donne dès le début à cette cavité géante.

sur les stalactites, ce qui crée cette mélodie tout droit venue d'un autre monde[23]...

Cette scène est difficile à décrire, et pourtant ces phénomènes sont tous organiques et bien naturels... Ce sont juste des espèces qui interagissent entre elles... Ce qui est moins naturel aux yeux de notre exploratrice, c'est que cet arbre monumental ait élu domicile ici, sous terre. Comment est-ce possible ? C'est une sorte de banian[24], avec ses racines tentaculaires qui évoluent à l'air libre, ce qui lui donne cet aspect étrange et magnifique à la fois, un symbole qui relie les deux mondes. Il est considéré comme l'arbre de la connaissance.

Elle est fascinée par sa splendeur, même si elle a déjà rencontré des banians durant son expédition en Asie. Ses branches aériennes ont la particularité de tomber au sol pour devenir racines à leur tour. Le cycle de la vie ne s'arrête pas, les banians peuvent être millénaires. En contrebas, un petit lac vert émeraude reflète sa noblesse et baigne certaines de ses racines. Elle arrive à en toucher une et en réaction, d'une manière mystérieuse, ces mots lui viennent à l'esprit : « Ma peau est ta peau. » Spontanément, sous le coup d'une intuition fulgurante, elle prend son couteau dans sa main droite, d'un mouvement sec déplie la lame et lacère l'écorce de l'arbre, tout en lui demandant

23. Elle avait entendu parler de ce phénomène qui dit : si tu arrives à frôler une stalactite et une stalagmite en même temps, un son d'une grande pureté s'en échappera.

24. Figuier d'Inde.

mentalement pardon de lui infliger cette blessure. Aussitôt, un liquide blanc s'échappe de l'incision, dont elle sait tout aussi intuitivement qu'elle doit maintenant l'appliquer sur sa main violacée, qui a doublé de volume et puis…

Elle reprend connaissance des heures plus tard. Désorientée, elle secoue la tête comme pour recouvrer ses esprits. Elle se trouve recroquevillée sur elle-même, au milieu des racines gigantesques de l'arbre, sans savoir du tout comment elle est arrivée là. La mélodie s'est tue, les lucioles se sont éteintes, le silence règne dans une noirceur totale… Cette situation paniquerait à peu près n'importe qui, et pourtant elle se sent comme dans un cocon chaleureux, sans angoisse, tout y est doux, serein. Elle reste ainsi sans bouger pendant des heures, jusqu'à ce qu'un jet de lumière venu du sommet baigne la cathédrale. Ce qu'elle voit la laisse sans voix. Elle comprend alors l'ampleur de sa découverte.

– 15 –

KATAR

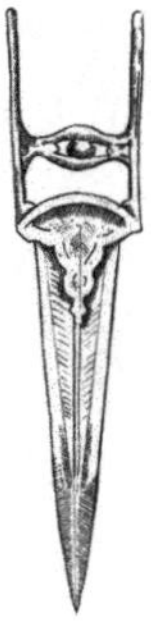

Pendant ce temps, au camp…

Nine est assise en tailleur dans leur yourte et déjeune avec Prasenji lorsque Isabella les rejoint.

– Le vieux Mooji veut vous voir dans sa yourte après le petit-déjeuner si cela vous va…

– Il est de retour ? demandent-ils à l'unisson, surpris par cette bonne nouvelle.

– Ouiiiiii, depuis cinq minutes !

Isabella secoue la tête de joie sans pouvoir cacher son émotion.

– Ok, on y sera, s'empresse de dire Nine.

Isabella, pleine d'entrain, sort aussitôt de la ger.

– On aurait pu la questionner pour savoir où se trouvent les fouilles archéologiques de son mari, murmure Prasenji.

– Exact ! Mais Pum ne veut pas l'impliquer pour ne pas l'exposer davantage, répond Nine avant de poursuivre, très excitée par son idée : On pourrait se cacher dans l'avion qui se trouve derrière la butte ! Il l'utilise tous les matins. Et en descendre incognito. On découvrirait ainsi le lieu exact de ses fouilles.

– Oui et on pourrait aussi sauter en parachute depuis l'avion ? *No, no, no ! Are you insane?*[25]

Prasenji se lève et s'éloigne de la table, énervé. Nine le regarde, elle ne l'a jamais vu dans cet état : *men, men are they all the same?*[26]

Non, bien sûr que non, il y a Giulio Anta son amour de toujours, avec son éternel côté chevaleresque, lui, il n'est pas comme cela. À ce moment précis, sa présence rassurante lui manque. Elle est un peu sur les nerfs, sans nouvelles de Pumilla, ça la ronge… A-t-elle au moins survécu à cette tempête ? Et si elle avait besoin d'aide ? Elle préfère ne pas y penser…

Ils s'engagent sur le petit sentier qui mène chez le vieux Mooji. Sa ger n'est plus très loin, le toit blanc immaculé de sa tente dessine un point dans ce paysage monochrome brun. Le vieil homme les voit venir de loin. Comme tous les nomades

25. T'es folle ?

26. Les hommes sont-ils donc tous les mêmes ?

des steppes, il est assis à l'intérieur et les espionne avec une longue-vue. L'unique ouverture des gers est toujours positionnée vers l'est. De cette façon, n'importe quelle yourte est aussi une boussole pour le voyageur qui se serait perdu.

Il les reçoit sans même leur offrir le thé. Sa peau est si ridée et martelée par le vent qu'il est difficile de voir ses yeux, mais ni Nine ni Prasenji n'auraient la mauvaise idée de penser que cet homme est juste un vieux monsieur.

Il est sorti pour les accueillir et sans mots de bienvenue. Ses yeux perçants les fixent, et il ordonne :

– Vous devez partir maintenant, direction nord.

– Nord ? Mais Pumilla est au sud !

– Je sais, les cavaliers de l'Est et du Sud l'aident dans sa mission, mais il y a encore deux autres cavaliers, ceux du Nord et de l'Ouest, comme ressources si les choses tournent mal.

– Donc vous me dites qu'elle a déjà utilisé deux de ses jokers et que ce sont des cow-boys du désert ? s'écrie Nine. Eh bien, on n'est pas dans la merde !

– Pourquoi tu dis ça ? interroge Prasenji.

– D'un, elle a déjà utilisé 50 % de ses jokers, ce qui veut dire qu'elle a des soucis, et de deux, elle ne peut pas garder la tête froide en présence d'un cow-boy, on se souvient tous de l'homme au chapeau noir en Australie… et je m'arrêterai là. Elle ne peut pas être concentrée dans ces conditions…

Le corps de Nine se replie sur lui-même, elle se passe la main sur le visage, maintenant elle est inquiète.

Le vieux Mooji part dans un fou rire, de tout son être.

– Ça vous fait rire ?

– Je compte bien entendu sur l'instinct de Pumilla, c'est la seule façon de survivre à cette épreuve. Si elle échouait, cela serait catastrophique pour…

Et il décide de s'arrêter là dans ses explications.

Prasenji n'en croit pas ses oreilles et Nine secoue la tête.

– Les anciens me surprendront toujours… susurre-t-elle le regard dans le vide et les yeux grands ouverts.

– Vous n'avez donc aucune idée de l'importance du rôle que Pumilla doit jouer dans la sauvegarde de Shambhala ? s'étonne le vieux Mooji. Son destin est inscrit depuis si longtemps… Tout ce qu'elle a fait dans sa vie l'a préparée à une seule épreuve, l'ultime épreuve…

– J'en ai assez entendu, s'exclame Nine, terrifiée à l'idée de l'immense épreuve qui attend Pum. Merci pour le thé et le faux kidnapping ! On s'est inquiété…

Elle n'a pas pu se retenir, Pum aurait été là, elle se serait fait remonter les bretelles ! se dit-elle.

Prasenji sort de la yourte en suivant Nine, qui est comme une furie. Son sang d'Italienne bouillonne.

– Au fait, il ne nous a pas offert de thé ! lance Prasenji.

Elle se retourne d'humeur orageuse et le fixe droit dans les yeux.

– Vraiment ? C'est la seule chose qui te préoccupe après ce qu'il nous a dit ? Pum est en danger et elle s'est mise dans une toile d'araignée de psychopathes… et toi tu t'inquiètes de ne pas avoir bu le thé ?

– Non mais c'est juste que tu as dit : « Merci pour le thé »… Ok, ok, j'arrête…

D'un pas déterminé et rageur, Nine s'élance sur le chemin du retour avec la haine au ventre. Il faut qu'elle sauve Pum mais par où commencer ?

Prasenji la devance, lui saisit le bras et la retourne d'un mouvement ferme et sec.

– Ça suffit, calme-toi ! hurle-t-il. Il y a dans ce monde la réalité d'autres mondes qui nous échappent. Ma maman est une chamane, j'ai baigné dans ce monde depuis tout petit, en le rejetant fermement. Et là, il me rattrape. La seule porte de sortie est celle que nous offre le vieux Mooji : aller au nord. Crois-moi, ce vieux corbeau connaît bien des choses.

Elle le regarde sans broncher, les lèvres comme scellées. Le temps s'est arrêté… Elle essaie de cligner des paupières, mais elles sont trop lourdes. Le vent se déchaîne et pourtant elle voit tout au ralenti, le son a disparu, et puis plus rien, le noir total, ses jambes l'abandonnent. Prasenji la retient de justesse, la secoue, lui tapote les joues mais rien n'y fait. Il sait qu'il doit agir et le seul vraiment compétent est le vieux Mooji. Il la prend dans ses bras et fait demi-tour jusqu'à la yourte. Malgré sa taille moyenne, il porte Nine à bout de bras avec vigueur. Le vieux l'attend avec un bol de thé douteux et à l'odeur nauséabonde comme s'il savait qu'ils allaient faire demi-tour. Mooji glisse le liquide chaud dans la bouche de Nine sans la ménager et brûle un bâton d'herbes compressées en murmurant des paroles inaudibles. Quelques minutes s'écoulent avant que Nine reprenne ses esprits.

– C'est dégueulasse ce truc, ça sent la mort ! Beurk, Beurk, Beurk.

Prasenji et le vieux Mooji échangent un regard amusé. Elle les observe, perplexe.

– Allez Prasenji, tu traînes encore ? Fini de siroter du thé, on doit s'organiser pour aller au nord !

Nine se relève et s'éloigne ; Prasenji, lui, s'incline avec respect devant le vieux et lui fait un clin d'œil qu'il reçoit en retour. Une complicité est née.

Le soir venu, Prasenji invite Nine à le rejoindre en haut de la butte derrière le bâtiment principal. Il a apporté le petit baluchon mystérieux que son papa lui a remis avant de monter dans l'avion. La personne qui s'occupe d'alimenter l'énorme chaudière derrière le lodge lui a donné quelques branches tordues pour le feu, qu'il a traînées jusqu'au sommet. Il commence par faire un trou dans le sol à l'aide d'une vieille casserole en aluminium aux rebords martelés à la main. Une fois le trou assez profond, il crée un appel d'air en creusant une deuxième cavité parallèle, plus petite, avec un outil que Nine n'a jamais vu auparavant. Le feu prend forme dans le foyer principal où il a disposé les bouts de bois en position verticale, et il insuffle de l'air par le trou adjacent : par-dessous, celui-ci attise le feu, d'une manière telle qu'aucune lueur n'apparaît et que le vent n'a pas vraiment d'emprise sur le foyer. Pour Prasenji, qui a chantonné tout le temps de ces préparatifs, ce n'est pas juste un feu, c'est un rituel transmis au fil des générations. Comme le veut la tradition, il dépose un pot de cuivre martelé au long manche en bois décentré, ouvre des petits sachets de papier brun et écrase certaines épices ensemble entre deux pierres plates, tandis qu'il en jette d'autres dans l'eau qui chauffe sur le feu. Il déroule ensuite un étui en tissu où des ustensiles sont soigneusement rangés, chacun dans son petit compartiment. Il fait danser le liquide d'un récipient à l'autre selon les temps d'infusion et d'ébullition avant de le passer à travers une vieille passoire de fer. Il jette aussi un type d'épices dans les flammes et chantonne un mantra. Pour terminer, le maître de thé lève le bras le plus haut possible et laisse tomber un liquide doré dans deux verres posés au sol avec une précision telle qu'elle semble avoir traversé les âges. La chute du liquide produit une mousse parfaite et dense. Le thé est bien plus que du thé, c'est le symbole de l'instant présent. Malgré lui, Prasenji est devenu tout jeune maître de thé. Dans sa famille il est respecté en tant que tel. Un maître de thé est aussi un homme liant, liseur de nuages à ses heures, et sourcier d'énergie positive.

Ce rôle, Prasenji l'a souvent renié. Non pas par manque de pratique ou de croyance, mais à cause de cette fatalité qui poursuit les hommes de sa famille, leur laissant si peu de choix… Son père a passé beaucoup de temps à lui raconter l'histoire de son chemin. Durant son enfance, leurs longues marches pour accéder au col des Chèvres étaient remplies de ses histoires. Mais enfant, il a toujours eu en horreur ces moments où il était seul avec son père, alors que celui-ci insistait sur les récits familiaux qu'il répétait en boucle. Prasenji a fini par devenir réfractaire à cet héritage, et a quitté la maison pour tracer son propre chemin, à la recherche de son propre destin. Il a essayé d'oublier ce passé pendant ces longues années loin de la maison, mais là, devant la danse des flammes, tout lui revient en mémoire d'un seul bloc. Son cœur bat fort, les larmes lui montent aux yeux pour s'envoler dans ce désert loin de tout. Derrière lui, Nine est silencieuse. Elle contemple les étoiles qui envahissent le ciel une par une. Prasenji s'affaire face au foyer, et dans le petit halo orangé que dégage le feu, Nine observe ses gestes à contre-jour, hypnotisée par cette scène improbable. Simplement, sans plus lutter, elle s'abandonne à la beauté de ce désert, de cet instant, les sens bercés par le grand silence.

« Et dire qu'on ne sait même pas où est Pumilla ! Comment vais-je faire pour la retrouver ? Direction nord, a dit le vieux Mooji, direction nord. Comme si je savais où c'est ! », se dit-elle en secouant la tête.

Le temps s'étire et le ciel est maintenant semblable à un liquide noir brillant de mille feux. L'espace d'un instant, l'esprit de Nine rejoint celui de Pumilla, la sentant pas très loin. Elle commence à concevoir l'attirance de Pum pour les espaces vides. Elle qui a passé trois ans à marcher toute seule et à vivre dans des endroits reculés similaires à celui-ci, si dangereux… Pum est faite de choses qu'elle a de la peine à comprendre. Mais là, l'exploratrice compte sur elle.

– Je suis là, fait Prasenji en se retournant avec deux verres de chai brûlant qui dégagent dans la nuit le réconfort dont tous les deux ont besoin, laissant échapper un fumet épicé et douceâtre embaumé de cannelle et de cardamome, qui parfume éphémèrement la nuit autour d'eux…

Il s'installe à côté de Nine dans le silence de ce moment parfait avant de se rendre compte que, depuis le début, Pumilla savait qu'ils allaient devoir faire front tous les deux sans elle…

Prasenji attend que son thé fasse effet : il y a ajouté une petite « formule » ancienne de plantes pour détendre les muscles et éloigner l'inquiétude. C'est ainsi que peu de temps s'écoule avant que Nine s'endorme, emmitouflée dans sa couverture en position fœtale, son verre de thé vide à ses côtés. Il la regarde un instant dormir et ne peut s'empêcher d'ajuster sa couverture. La nuit transpire le calme, la tempête est passée, tout est serein et silencieux.

« Si tu tends l'oreille, tu peux entendre respirer les cailloux… » Prasenji sourit : sa maman lui répétait souvent cette petite phrase qui lui est revenue à l'esprit. Elle lui racontait des histoires extraordinaires avant qu'il s'endorme, et chaque soir il attendait ce moment avec impatience. Il se tient debout face à la nuit et se souvient. Ces moments-là déclenchent en lui un amour sans limite, qu'il envoie à son tour à sa maman depuis le haut de cette colline au milieu du désert de Gobi. Il sait qu'à chaque instant, tous deux sont reliés par ce fil invisible qu'il aime à imaginer : argenté et brillant, aussi fin qu'un cheveu.

Il n'y a pas de temps à perdre, et Prasenji commence à s'activer dans la nuit à l'installation de son appareil photo qu'il monte sur un trépied. Un réglage en *long exposure* va lui permettre d'immortaliser ce ciel étoilé, tandis que le halo orangé discret que dégage le feu va ajouter une touche dramatique. Au même moment, il remarque un rapace qui vole au-dessus des yourtes en contrebas, avant de se poser vers celles qui sont à l'opposé de la leur. Il y a définitivement un fauconnier parmi les clients du lodge. Peut-être même qu'ils utilisent le faucon pour délivrer des messages ? Il est en train de connecter les probabilités avec les faits connus : et si tout était lié au mari d'Isabella, Gaston Rouices ? Il faut absolument trouver l'emplacement de ses fouilles. Pour l'heure, Prasenji décide de mettre toutes les chances de leur côté : il plonge sa main dans le sac de toile qu'il a apporté et en sort des objets qui auraient pu effrayer Nine, mais qui appartiennent à sa famille depuis des générations. Il attise le feu une fois de plus et y jette une épice forte et amère, qui embaume l'espace, puis s'accroupit et s'emploie, les yeux fermés, à réciter en boucle les textes que sa maman chamane lui a appris. Mais cela ne suffit pas, il se concentre mieux, car il sait qu'ils doivent sortir du cœur. Ces textes anciens « protègent ». Et Nine et lui-même vont avoir besoin d'un petit coup de main. Il termine en retirant un objet très particulier du sac en toile, un katar, une sorte de poignard doté d'un manche en forme de H, large comme sa main, ce qui permet de fermer le poing sur les deux barreaux transversaux judicieusement positionnés. Le poing est donc protégé par les deux montants métalliques qui remontent de chaque côté de la main. Cet outil se termine par une lame ancienne large et plate, gravée de symboles ancestraux. Il le prend en main un peu comme on met un gant, se penche au-dessus de Nine toujours endormie, et serre le poing. Cela déclenche l'ouverture de la lame centrale, qui se fend en deux, et laisse apparaître une paire de lames de ciseaux. Cette arme est vraiment mortelle. Tout en murmurant le plus silencieusement possible, il coupe symboliquement les mauvaises énergies et sectionne les sangsues du monde invisible qui se sont collées à ces corps énergétiques ; il a vu cette cérémonie pratiquée des centaines de fois par sa maman. Cela dure très peu de temps, puis il s'empresse de ranger le katar, oubliant que son appareil photo est programmé. Il s'endort près du feu.

Le lever du jour est magistral. Le désert semble avoir retenu sa respiration toute la nuit pour vider ses poumons au petit matin, en laissant échapper une brise caressante et bienveillante. Au sommet de la butte, emmitouflés dans leurs couvertures, Nine et Prasenji regardent avec émotion un spectacle inoubliable. Au fil des minutes, le désert se métamorphose dans une succession de tableaux de maître. Un bleu foncé distingué au grain vaporeux enlace un gris-bleu délavé, qui lui-même se noie dans un rose pâle envoûtant que les premiers rayons du soleil font disparaître. Pendant ce temps, un faucon vole au-dessus d'eux direction plein nord…

– 16 –

LE MYSTÈRE DU SQUELETTE

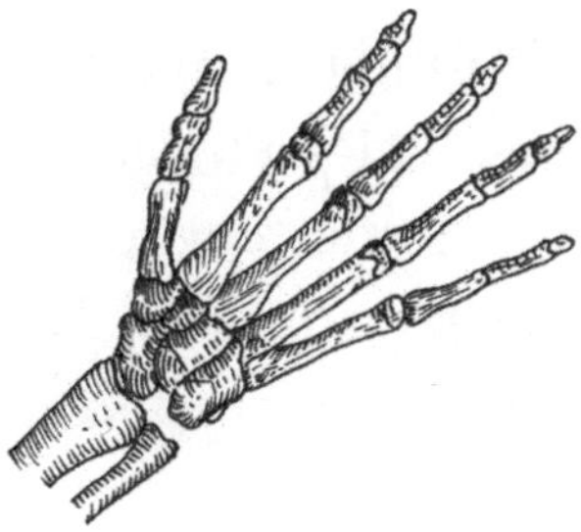

Pumilla fait le tour de l'arbre à la recherche d'un indice et trébuche ; elle va devoir attendre que les lucioles se rapprochent à nouveau pour voir ce qui se trouve au sol. Elle reste immobile et patiente dans le noir. L'essaim de points lumineux arrive enfin à sa hauteur et, par vagues, dégage une lumière diffuse. En conséquence, la pénombre se dissipe et révèle un tas d'os qui ont dû faire partie d'un même squelette, et bien avant cela, d'un corps enrobé de chair. Elle l'examine, fascinée et surprise : qui a bien pu pénétrer ici avant elle ? Dans sa tête, tant de questions se bousculent, et pourtant elle les oublie car un objet atypique attire son attention : une pochette en cuir, retenue extraordinairement par ce que furent les os d'une main. Pumilla la dégage avec une infinie délicatesse, et en observe minutieusement l'extérieur avant de l'ouvrir. Ce n'est pas une pochette comme elle l'a supposé, mais un simple morceau de cuir noirâtre dans un état avancé de décomposition qui enveloppe soigneusement un papier épais de couleur beige foncé aux bords dévorés par le temps. De plus en plus intriguée, Pumilla déplie le papier avec de grandes précautions. Cela semble être une missive rédigée à la main d'une écriture hésitante qui devient oscillante et presque illisible vers la fin… Elle arrive malgré tout à décrypter ceci :

« Je t'écris à toi qui me retrouveras adossé à cet arbre. Je ne sais quand tu arriveras, cela ne peut être qu'à temps. Je te sais confus et dans l'obscurité de ton âme en ce moment, mais sache que tu es au bon endroit au bon moment. Ta vie n'a jamais été qu'à toi, tu portes en toi le Divin et le possible, tu es le messager et le gardien mais tu n'es pas le « choisi », juste un élément qui balance cet univers. Mais si tu as bravé à ton tour les obstacles que j'ai bravés, je te sais capable de continuer la mission. Pour moi, il est trop tard, le soleil de ma vie se couche, j'entends déjà les roues à aube des bateaux de mon enfance. Je sens l'odeur de boue qui s'accumulait entre mes orteils alors que je me préparais à sauter dans l'eau grisâtre du Mississippi… que de joie je ressens à cet instant en revivant ces moments. Les derniers grains du sablier de ma vie s'écoulent et j'utilise mes dernières

forces pour te laisser ce mot. J'ai trouvé la porte de sortie, mais j'ai été blessé, n'ayant plus d'autre choix que celui de mourir. Mon âme est sereine, la douleur s'évapore déjà et je sens la bienveillance d'une lumière de fin de journée m'imprégner.... Je te lègue ce flambeau et implore que le Divin te guide dans ta mission. J'aurais aimé te connaître, mais ma mort justifie ta présence. Va aussi loin que tu le pourras sans jamais penser à te rendre. Seule la mort t'arrêtera, et assis à ses côtés, je la sens me prendre la main, je ne peux pas dire qu'elle m'effraye, ni froide ni ardente. Le voyage qui m'attend est l'ultime voyage de cette vie, je l'attendais depuis longtemps, je suis prêt, je respire une dernière fois pour te dire...

Adieu.

William

PS : La lumière est le chemin, la lumière te protégera de... » (Le reste est illisible.)

Pum parcourt la lettre plusieurs fois pour s'en imprégner mais le papier s'est dégradé avec les années et elle ne peut lire la fin du post-scriptum : *« la lumière te protégera de... »* De quoi ? Elle reste plantée là, perplexe. Sa présence valide l'acceptation du flambeau ou du fardeau, ça dépend sous quel angle on regarde tout cela.

Soudain cette phrase transperce silencieusement tout son être : « Nous décidons tous du niveau de loyauté que nous voulons accorder au Divin. »

À ce moment précis, elle entend la mélodie de la Terre qui monte en puissance dans cette cavité millénaire. D'une beauté à pleurer… Cet endroit fut certainement, il y a des millénaires, un cimetière de dinosaures, si un tel endroit a existé. Ou alors, il est le résultat de l'événement climatique qui a causé la fin de leur règne sur terre. Ce qui les aurait incités à se protéger ici, expliquant ainsi les centaines de squelettes de dinosaures accumulés… Les os sont superposés, compressés et intercalés avec des tonnes de sédiments minéraux. Pum comprend désormais l'importance de la préservation de ce lieu. Elle imagine très bien la catastrophe si quelqu'un découvrait cet endroit. Cela provoquerait une ruée vers l'or ou plutôt « vers l'os », et la porte ouverte aux bandits en tout genre. Mais ce lieu n'est-il que cela : un site archéologique ? Dans ce cas, quelle est cette société secrète qui semble être derrière sa protection ? Et surtout, elle ne comprend pas encore son rôle : en trouvant cette lettre, a-t-elle accepté une mission et laquelle ?

« Mon Dieu ! Franchement ? Je suis d'accord pour jouer aux devinettes, mais là ! »

À ce moment précis, l'eau émeraude se met à bouillonner. Il y a du mouvement, et une lumière est clairement active sous l'eau. Elle entend la voix du cavalier mongol dans sa tête : « Tu dois y croire pour voir. » Progressivement, l'eau se calme et la lumière s'estompe. Et elle se retrouve avec les os de son prédécesseur devant elle. Dans une inspiration et le désir de reprendre son destin en main, elle décide d'enterrer ce pauvre homme qui a donné sa vie pour cette mission. Et, dans la pénombre, elle se met à gratter le sol humide et froid avec ce qui doit être un tibia de dinosaure ou un truc du genre. Le seul « outil » qu'elle a trouvé à disposition, « *sorry, sorry* ».

– Mon Dieu, je me ferais incendier par n'importe quel paléontologue en faisant cela, mais je n'ai rien d'autre sous la main !

Elle se met courageusement à l'ouvrage, les minutes passent, mais le trou n'atteint même pas dix centimètres de profondeur et elle est rapidement en nage… Elle continue néanmoins, obsédée par la réussite de cette simple tâche qui, elle le sent, lui redonnera une forme de santé de l'esprit après toutes ces épreuves plus étranges les unes que les autres. Faire un trou assez profond pour enterrer les os de ce brave homme lui paraît un acte normal, simple et respectueux. C'est juste un trou, se répète-t-elle en s'acharnant pour arriver à la profondeur voulue. Et soudain, elle tape sur une surface plus dure… Elle y passe la main à l'aveugle et découvre le dessus de ce qui va s'avérer être un coffret grand comme une boîte à chaussures. Elle le retire, pousse le fermoir en forme de virgule et ouvre le couvercle. Un papier dort à l'intérieur… Elle le regarde un bon moment sans savoir quoi faire, avec une sorte d'appréhension au ventre. Au fond d'elle, elle sait qu'elle a peur de découvrir la vraie raison de sa présence ici. Avant de déplier le papier, elle essuie contre son pantalon ses mains pleines de sédiments et tient la lettre du bout des doigts pour ne pas la tacher… Elle y lit ceci :

« Très cher,

… Si tu es ici je sais que tu as suivi les signes, mais là c'était par précaution. Si ton cœur est capable d'être un oiseau, je savais que tu ne me laisserais pas là en décomposition, tu essaierais de m'enterrer. C'est ici que je tiens à t'expliquer pourquoi je vais mourir et qui m'a blessé… »

Pum lit aussi vite que possible, sa curiosité est à vif, mais le papier est rongé par l'humidité, seuls quelques mots sont encore visibles à partir du premier tiers de la lettre. Une fois qu'elle est arrivée au bas de la page, ses deux mains s'agrippent sans le vouloir au papier… qui finit par ces mots :

« Désolé, j'aurais aimé pouvoir le faire moi-même, mais ce sera ta mission désormais… ! »

– Mais quelle mission ? hurle-t-elle.

Ironiquement le temps s'est chargé d'effacer les réponses à ses questions. Soudain le froid parcourt tout son corps en courant le long de ses os, elle a de la peine à y croire, elle est dépitée, seule et gelée. Comment a-t-elle fait pour se retrouver mêlée à tout cela ?

– 17 –

DIRECTION NORD

Perchés en haut de la butte, les premiers rayons du soleil apparaissent. Nine se lève en s'étirant comme un camionneur qui n'a pas vu son lit depuis des semaines. Prasenji est déjà en train de changer l'objectif de son appareil photo afin d'immortaliser la harde de chevaux qui vient d'arriver pour s'abreuver derrière le lodge quand soudain, dans son viseur, il aperçoit une fumée noire. Intrigué, il l'observe au téléobjectif. Sa position surélevée lui donne un regard d'aigle et il n'en croit pas ses yeux !

– Nine, viens voir vite, je crois que…

– Pas avant que tu me fasses un chai latte, le même qu'hier soir *please* ! rétorque Nine…

– Je crois que notre yourte est en feu.

– Quoi ? Fais voir !

Elle se précipite, lui arrache son appareil photo des mains pour constater d'elle-même que leur yourte est bel et bien la proie des flammes. Ils sont sous le choc. Nine n'en revient pas : que leur serait-il arrivé s'ils n'avaient pas passé la nuit sur la colline mais dans leur yourte ?

– Mon Dieu ! Ils veulent vraiment notre peau !

– Ce n'est pas possible, vite, vite, bouge-toi, faut filer d'ici ! hurle Prasenji, il y a du mouvement en bas et des gars pointent du doigt notre position… Ils ont dû repérer le reflet du soleil sur la lentille de mon objectif avec le soleil qui se trouve juste en face. Argh… une erreur de débutant ! s'énerve-t-il.

Il vient de comprendre que tout cela est très sérieux. Il fourre son matériel dans son sac à dos, il est prêt aussi rapidement que Nine, et les voilà qui dévalent à toute vitesse l'étroit sentier de la crête ouest. À mi-chemin, ils tombent sur le vieux Mooji, qui de ses deux mains tient son manteau traditionnel comme une vieille femme tiendrait sa jupe. Il est essoufflé et bredouille :

– Faut filer vite, vite avant qu'ils arrivent ici. Vous devez aller au nord. En bas du chemin, il y a un gamin qui va vous cacher et vous guider jusqu'aux Flaming Cliffs[27], après vous êtes seuls.

– Ok, répond Nine, froide et concentrée.

Prasenji, lui, s'incline pour le remercier sans pouvoir prononcer un seul mot.

---

27. Les Falaises enflammées.

Le vieux Mooji finit son ascension, tandis que les deux fugitifs prennent leurs jambes à leur cou, et retrouvent très vite le gamin qui les attend au pied de la colline. Il ressemble à un homme en plus petit malgré ses dix ans, à tout casser, spécule Nine. Il a le visage buriné, les traits tirés. Sans un mot, il leur fait signe de monter sur deux des trois chevaux qu'il tient de sa main gauche.

– Oh non pas des chevaux ! rouspète Nine à la vue de ces créatures.

– Za, za, za ! menace l'enfant en gesticulant.

– Ok, ok ! Je vais monter sur ton canasson, mais faut pas me stresser !

Prasenji est déjà bien en avant lorsqu'il est rejoint par les deux autres : il a fallu un temps fou à Nine pour s'acclimater à cet animal aux grands yeux. Du haut de la colline, le vieux Mooji ne manque pas un seul de leurs gestes ; il est accroupi un genou à terre, son coude en appui sur celui-ci, ce qui l'aide à stabiliser sa lunette télescopique en laiton qui est dépliée à son maximum. Il a le trio dans sa ligne de mire, jusqu'à ce que les trois points noirs qui se déplacent en file indienne à l'horizon finissent par fusionner avec le sable doré du Gobi, comme si le désert les avait avalés. C'est seulement alors que le vieux se relève et se met à remercier le Divin en dansant et chantant des mots anciens que le vent prend en otage pour les livrer bien plus loin, là où lui seul connaît le destinataire. Quelques minutes plus tard, le vieux droit comme un « I » observe avec sa lunette les montagnes d'en face plein sud, juste pour faire diversion parce que, du coin de l'œil, il a vu arriver les deux armoires à glace en costume qui accompagnaient le professeur Gaston Rouices chez Isabella. Ceux-ci, une fois à sa hauteur, sont incapables de prononcer un mot tant ils sont à bout de souffle. Mooji tourne lentement la tête et les regarde placidement. Sa posture en dit long : il « incarne » la montagne. Une force tranquille et calme qui laisse les deux zigotos sans voix… Ils pensent naturellement que c'est la lunette du vieux qui a créé le reflet, et d'un geste de désespoir, l'un d'eux fait signe à son compère de redescendre. La supercherie a marché ! Le vieux Mooji reste pourtant planté là à accueillir le vent sur son visage, le cœur plus léger.

Pendant ce temps, au campement du lodge, Isabella est aux cent coups. Elle essaie de joindre son mari par téléphone satellite mais il ne répond pas, l'avion n'est plus là, et le chauffeur est parti en trombe avec les deux malabars. Elle se retrouve seule avec son équipe à gérer une crise majeure, mais avant tout elle s'inquiète pour ses amis ! Où sont-ils passés ? Elle craint le pire…

Elle est loin de se douter qu'au même moment Nine a les fesses en compote sur un petit canasson quelque part au milieu du désert de Gobi, que Prasenji, tourmenté par ses démons intérieurs, est enfermé dans son silence et que Pumilla est sous terre, sans lampe, dans une grotte grande comme une cathédrale, en train d'enterrer la personne qui l'y a précédée, un tibia de dinosaure dans la main droite.

À l'horizon, un point blanc se dessine et au fil des minutes, la petite caravane se rapproche de ce qui n'est autre qu'un toit de yourte. Soudain, le gamin s'arrête et leur fait face en leur demandant de descendre de leur monture et d'attendre son retour. Nine, qui n'en peut plus, se laisse lentement glisser de tout son poids, jusqu'à ce qu'elle touche le sol, sous le regard exaspéré de son cheval, qui doit compenser sa chute « *slow motion* » pour éviter de tomber lui-même. Elle gémit de douleur dans sa descente, elle en veut à la terre entière et à tout l'univers. Elle se retrouve au sol en position assise, les jambes comme bloquées, et s'aperçoit qu'elle tient toujours les rênes dans la main droite. Elle a faim et soif, mais malgré tout elle regarde d'un œil distrait le gamin s'élancer dans un galop effréné jusqu'à la yourte. Celui-ci réapparaît avant la tombée de la nuit, accompagné des membres d'une famille nomade qu'il connaît apparemment…

On aide alors Nine à se relever. Une fille d'environ quinze ans ne peut quitter des yeux Prasenji : elle n'a jamais vu de personne de couleur, et elle est fascinée par cette peau au grain mat. Elle trouve le jeune homme si beau ! Ce qui le rend définitivement muet…

Leur arrivée à la yourte ne surprend pas la maîtresse de maison qui pourtant quitte rarement sa demeure. Dans la culture mongole, la femme est responsable de ce qui se passe à l'intérieur de la ger et l'homme de l'extérieur. Accroupie, elle les accueille officiellement par un simple hochement de tête. Elle s'adresse au gamin en lui témoignant son honneur d'avoir sous son toit les amis du vieux Mooji. Elle est en train de remuer un liquide laiteux dans une grande cuve en aluminium posée sur le foyer principal. Nine et Prasenji ne quittent pas le gamin d'une semelle et comme lui, ils se sont assis sur le sol à gauche de l'entrée conformément à la tradition, en repliant leurs jambes sous eux. Pendant ce temps, la jeune fille s'affaire à concasser une brique à thé[28] à même le sol avec un outil en fer ; le dessus de la brique est marqué par des caractères chinois. Elle récupère au sol les feuilles écrasées en miettes et soigneusement les dépose dans une vieille théière en aluminium qui n'attend

28. La brique de thé est généralement du thé compressé, un mode de transformation du thé pratique pour le transport. Il s'agit de feuilles de thé moulées et comprimées pour leur donner une forme rectangulaire. Née en Chine et très dominante sous l'ère Ming, la méthode s'est répandue au Japon et en Russie.

que de frémir sur le fourneau central. Une éternité plus tard, le thé est prêt. Le premier bol est tendu à Nine, tout heureuse de tremper ses lèvres dans le breuvage en tenant le bol des deux mains, sous le regard attentif de la maîtresse de maison. Mais les yeux de Nine s'agrandissent au fur et à mesure que le liquide voyage jusque dans son estomac. Prasenji constate dès la première gorgée que le thé est salé, apprend que le lait provient d'une chamelle et qu'il y a aussi une noisette de graisse. Il s'abstient de demander d'où provient la graisse pour ne pas voir Nine régurgiter sa boisson : elle est déjà assez hypnotisée par ces ronds graisseux qui flottent sur son thé. La jeune fille au manteau ocre rouge délavé par le soleil leur offre une sorte de beignet maison.

– C'est super bon ! s'exclame Nine, ce qui fait rire toute l'assistance.

Une fois ce cérémonial terminé, il est temps de s'allonger. Après quelques minutes, Nine ne peut s'empêcher de chuchoter un truc à Prasenji et se voit réprimander par la cheffe à la voix perçante :

– chucheeee !

Elle attise le feu. Debout, elle restera à veiller sur ses visiteurs. Quelques heures plus tard, elle réveille tout le monde, puis plonge sa grosse louche dans la cuve en aluminium pour en retirer un riz au lait qui a cuit toute la nuit, et qu'elle distribue à la ronde. Et c'est ainsi qu'à 2 heures du matin tout le monde dévore ce plat délicieux.

À peine sa maisonnée a-t-elle terminé de manger que la maîtresse de maison ouvre la petite porte de la yourte en s'écriant, après avoir vérifié que la voie est libre :

– C'est le moment !

Dehors, la nuit est belle, calme et prête à accueillir trois voyageurs discrets… qui se glissent dans le noir, direction nord !

Nine et Prasenji retrouvent leurs chevaux qui, pour cette courte nuit, ont eu comme compagnons des chameaux de Bactriane magnifiques et imposants, d'allure placide avec leurs deux bosses. Nine n'est pas très en confiance, ils sont grands, leurs poils sont longs et roux, elle ne les quitte pas des yeux tandis qu'elle se prépare…

Après avoir vérifié leurs montures, ils s'inclinent pour remercier la famille qui les a accueillis. La jeune fille les suit à la trace sur un kilomètre, puis, le cœur brisé, elle laisse à la nuit l'homme le plus beau qu'elle ait jamais vu.

– 18 –

L'ARBRE DE VIE

« Que c'est étrange, se dit Pumilla, plus je m'éloigne pour y voir clair, plus je constate que la mort est salvatrice. Ne donne-t-elle pas une valeur inestimable à l'instant qui passe ? » C'est avec cette question qui tourne en boucle dans sa tête que Pum reprend ses esprits. Sans s'en rendre compte, elle a fait une sieste ou plutôt quelque chose qui y ressemble, un intermède entre sommeil et éveil, près de la tombe de son prédécesseur. La mort de ce pauvre homme justifie sa présence à elle, voilà le cycle de la vie : « toute chose naît et toute chose meurt ». S'il avait accompli sa mission, elle ne serait certainement pas là. Au même moment, la lumière dans l'eau émeraude en contrebas s'anime à nouveau, accompagnée d'un grondement sourd presque imperceptible.

Depuis combien de temps se trouve-t-elle dans cette cathédrale souterraine ? La sensation du temps qui passe n'est pas la même ici-bas dans le noir et pourtant il s'écoule de la même façon.

Ne serions-nous donc pas idéalement équipés pour créer notre propre réalité ? Peu importe les choix que nous faisons, il semble que nous soyons destinés à vivre une expérience opposée forte, que les humains appellent « leçon de vie ». Celui qui s'expose à la magie de l'amour subira une forme de douleur en l'absence de l'être aimé, celui qui a peur s'expose à la frustration, celui qui manque de courage va, en opposition, s'exposer à la médiocrité, et ainsi de suite… Et si c'était cela « l'évolution », notre mission à tous ? Ces épreuves que nous vivons toutes et tous nous permettraient-elles un jour d'atteindre un monde illimité malgré nos limitations mentales et physiques ? « Incroyable ! se dit-elle, fascinée par sa découverte. Devrait-on alors vivre tout ce qui se présente à nous sans exception et sans peur ? Cela laisse donc à penser que nous pouvons nous créer la vie que nous voulons ! Waouh ! » Et de continuer son raisonnement : « Et si notre façon de penser créait le moment qui suit ? Mon Dieu ! Je réalise ! Je réalise ! » La voilà qui se redresse d'un coup.

Soudain, elle capte un bruit qu'elle reconnaît et tend l'oreille : le bruissement en question est celui d'une multitude de petites pattes qui se rapprochent par vagues... Oui, les araignées s'agitent ! Pourquoi ? Comme pour répondre à sa question, un jet de lumière perce l'obscurité depuis le sommet de la voûte et baigne l'arbre d'une lumière froide tel un projecteur. Elle reconnaît ce rayonnement qui ne peut être généré que par la pleine lune ! La tête en arrière, elle contemple pour la première fois la splendeur de ce banian millénaire, c'est spectaculaire et irréel à la fois : ce géant aux mille ramures s'étend encore et encore jusque sous le plafond, là où la lumière s'est infiltrée par une ouverture étroite. Le faisceau lumineux est possible grâce au positionnement de la Lune, mais pas pour longtemps, elle le comprend très vite. La Lune va poursuivre sa trajectoire et la lumière ne sera plus. Pumilla n'a pas le temps d'absorber l'extraordinaire scène qui est devant elle, déjà les araignées progressent frénétiquement dans sa direction, attirées elles aussi par le rayon lumineux, remontant maintenant le long de la paroi en direction du sommet. Elle les voit comme elle ne les a encore jamais vues : c'est irréel, et la lumière naturelle qui émane de la Lune semble encore amplifier le bleu électrique de leur dos poilu. C'est d'une étrangeté et d'une beauté extrêmes. Reprenant ses esprits, elle réalise qu'elle a maintenant les pieds dans l'eau : l'eau monte ! La lagune en contrebas produit des remous bizarres, comme si quelque chose bouillonnait en dessous. Pum serre contre elle le coffret en bois précieux. « Non, je ne mourrai pas ici ! », se promet-elle, comme si elle parlait à son prédécesseur. Elle enlève son T-shirt, coince le coffret à l'intérieur en relevant un pan du tissu et remet le maillot. Elle décide de suivre la même direction que les araignées. Elles semblent vouloir s'échapper par la brèche qui laisse passer le rayon lumineux. Pumilla s'agrippe à l'arbre comme à une ligne de vie et entame une longue ascension périlleuse. Les prises manquent et l'eau continue de monter... Elle a bien progressé lorsqu'une poignée de mygales bleu saphir changent de route et décident de se servir de l'arbre comme d'une échelle, ce qui séduit aussitôt les autres araignées ! L'agitation est totale, créant un vent de panique chez Pumilla, qui observe la scène avec horreur du haut de sa position. C'est clair, une vague d'araignées va lui arriver dessus. Elles ne s'arrêteront pas. Pum le sait, si elle ne s'écarte pas, elles lui passeront sur le corps. À ce même moment, au niveau du sol, sous la petite lagune, un mini-volcan se réveille en crachant des tonnes d'eau qui envahissent l'espace à une vitesse vertigineuse. Quelle aubaine ! Le timing est essentiel ici : l'exploratrice doit impérativement se laisser tomber à l'eau, en espérant que celle-ci soit à sa hauteur lorsque les araignées arriveront. L'atmosphère est apocalyptique, les décibels montent dans la cathédrale et les araignées sont presque à son niveau. Elle respire à fond avant de se préparer à lâcher prise. Elle hésite, mais a-t-elle vraiment le choix ? Elle se jette à l'eau ! Elle est surprise : l'eau est très froide, et son corps se contracte, mais c'est le dernier de ses soucis. En revanche, elle sent sous ses pieds qu'il y a quelque chose dans l'eau. Elle se retient de s'agripper à l'arbre, les araignées sont encore en train de monter, et il y en a des centaines. Elle essaie de regarder sous l'eau, sentant une présence, quand soudain une ombre géante se déplace sous elle. L'angoisse la saisit ; elle se maintient à la surface sans trop de problèmes, mais pour combien de temps ? « Encore quelques secondes », se dit-elle. Puis elle hurle en direction des araignées :

– Allez on se bouge !

Elle a la sensation que se trouve sous elle une force d'une puissance étrange, cela lui glace le sang, elle est tétanisée. Les flots la soulèvent tout en l'enveloppant, dans un grognement presque animal. Elle est propulsée par ce qu'elle décrira plus tard comme « une sorte de main géante invisible ». Elle finit par refaire surface et reprend son souffle. Cherchant un point d'accroche à l'aveugle, elle s'agrippe in extremis à une branche qu'elle remonte à la force de ses bras en direction du tronc central. Une fois le tronc atteint, elle s'enroule autour de tout son corps. À cette hauteur, il n'est guère plus épais que son poignet et pourtant, elle le serre comme son sauveur.

Quelques secondes plus tard, elle a repris ses esprits. « C'était quoi ça ? » Mais elle n'a pas le temps de se perdre dans des réflexions car elle comprend très vite qu'elle est près du sommet de l'arbre, que le niveau de l'eau peut redescendre d'une seconde à l'autre et qu'elle peut se retrouver suspendue là, tout en haut, mais elle décide de ne pas y penser. Les araignées ont disparu. Quand soudain, l'eau se retire d'un coup, elle s'agrippe nerveusement : les branches sont instables à cette hauteur et fragiles. « Je le savais », s'énerve-t-elle. Elle passe sa main droite sur son visage à plusieurs reprises pour dégager ses longs cheveux qui s'y sont collés, et découvre le vide sous ses pieds. Ses jambes se mettent à trembler. Il n'y a qu'une sortie, c'est vers le haut. « *Pumilla Eve Isquarm put your shit together!*[29] », hurle-t-elle. Elle lève la tête et constate que toute la voûte est recouverte d'aragonite[30] ; elle produit un ultime effort en s'agrippant aux dernières branches qui ploient et pourraient casser, y place ses pieds stratégiquement et lance son corps de toutes ses forces vers l'orifice où les araignées sont sorties et d'où la lumière s'est infiltrée. Elle se hisse à travers l'ouverture et s'en extrait péniblement, tel un ver qui sort d'une pomme. Le trou n'est guère plus large que ses épaules. Elle arrive enfin à l'air libre, elle est trempée, tremble de froid et se laisse tomber d'épuisement. Elle respire par saccades, affalée à

29. Pumilla Eve Isquarm, ressaisis-toi !
30. Une pierre phosphorescente.

plat ventre sur la roche qui a accumulé la chaleur de la journée, et se retourne lentement. Immobile, elle laisse l'air doux de la nuit la caresser… Plusieurs battements de paupières plus tard, sa respiration redevient calme, le silence a englouti le mince bruissement résiduel de la nuit. Au-dessus d'elle, la Voie lactée est divine… Elle est en vie. Elle ferme les yeux : « Merci, merci. »

Ce désert n'est pas un endroit comme les autres, il réveille la force, l'animal et la foi chez le pèlerin, le curieux, le nomade.

Ils se sont tous un jour assis en tailleur sur ce sable, l'instant d'une tasse de thé. C'est souvent la seule récompense concrète de celui qui a osé s'aventurer dans les entrailles du désert à la force de son pas, là où la simplicité, la sueur et le vent sont le lot quotidien, là où l'avance est lente et sans fin. Ici, le soleil se lève en chatouillant la peau dorée du Gobi, cette étendue où rien ne semble vivre et où pourtant la vie est reine. Quand le jour se meurt, les flammes rassurantes du feu volent souvent la vedette au désert et le moment du thé tant attendu arrive tel un partage intime avec cette immensité. Les étoiles percent alors une à une la couverture céleste bleu foncé du début de la nuit, qui appartient désormais aux léopards des neiges, aux bouquetins, gazelles, mouflons, gerboises, ours, lièvres, marmottes, scorpions et tant d'autres. Mais ce qui attire l'attention de Pumilla ce soir-là, c'est un oiseau de nuit qui vient de se poser sur le faîte du rocher à côté d'elle… Il la sort immédiatement de son épuisement et elle lui prête un œil discret mais intéressé. Elle est déjà en train de vivre la suite, en y accordant son attention. Pour l'exploratrice, la « curiosité » est ce qui réveille la flamme de vie ; elle sait que tout est lié. Assise au sommet de cette montagne, elle ne sait ni où elle est ni où elle doit aller, mais une chose est certaine pour elle : elle est au bon endroit. À l'intérieur d'elle-même, elle est emplie de cette sensation de velours qui étouffe l'agitation du monde et réveille ses instincts. « La nuit est si belle vue d'ici », murmure-t-elle… sans réaliser qu'elle est en haut d'une falaise de plusieurs centaines de mètres, sans aucune possibilité d'en descendre. Elle rassemble de ses deux mains ses longs cheveux ondulés en les éloignant de son visage, et après avoir formé une queue-de-cheval qu'elle fait virevolter plusieurs fois sur elle-même, elle l'enroule en un chignon de bohémienne détrempé.

Elle se rend compte que depuis le début, elle n'a pourtant jamais douté de ces aventures frénétiques et mystérieuses, et cela malgré le danger. Qu'elle n'a pas non plus remis ses choix en question face aux événements extraordinaires comme ces vols à dos d'oiseaux, le sage en Inde, le tigre, l'arbre de vie et bien d'autres épisodes qui, mis bout à bout, semblent appartenir à un autre monde. S'il y a une chose qu'elle a apprise avec toutes ces années d'exploration, c'est de faire confiance à son intuition profonde. C'est une énergie liée au « Tout », alors que l'intellect est un outil qui est là pour faire fonctionner une mécanique, notre corps. L'instinct premier est si puissant qu'il est à lui seul un vrai « agent spécial » de l'âme et du Divin, voilà tout. Dommage que les humains aient tendance à l'oublier et à le discréditer… Pourtant, s'ils savaient !

– 19 –

LES FLAMING CLIFFS

L'aube se profile à peine lorsque Nine, Prasenji et le gamin atteignent les premières falaises par le sud. Le site est désert à ces heures et ils se dirigent directement vers le parc des fouilles archéologiques que le gamin connaît bien. Nine croit sentir l'odeur du café dans l'air, tant elle a envie d'un expresso. Elle n'a pas lâché un seul mot depuis leur départ au milieu de la nuit. « Peut-être que la magie de la Voie lactée m'a envoûtée, accompagnée, et que j'ai presque aimé ça », se dit-elle en souriant. Mais voilà que les falaises au loin, jusque-là d'un brun délavé quelconque, s'habillent soudain d'un rouge orangé flamboyant, comme si un coup de pinceau géant leur avait donné la vie !

– Waouh ! C'est incroyable, s'exclame Nine qui a arrêté son cheval.

Le lever du soleil opère sa magie chaque jour, ici comme ailleurs, mais pour deux des membres de cette caravane, c'est une expérience unique : les Flaming Cliffs. Derrière Nine, Prasenji s'en met plein les yeux, et elle entend le bruit de son appareil photo qui s'agite. Ils doivent pourtant poursuivre, ce site sera envahi de touristes dans très peu de temps.

Ils arrivent enfin aux fouilles. Le gamin est surpris par le peu d'activité qui y règne, contrairement à l'habitude. Il n'y a que quelques outils qui traînent au sol, et on remarque juste que le terrain a été aménagé pour que le sable ne tombe pas sur les fouilles. Mais c'est un peu basique, non ?

– C'est quoi ça ? Un bac à sable ? Ce ne sont pas des fouilles ! s'exclame Nine.

Prasenji est d'accord avec elle. Un moteur d'avion vrombit alors au-dessus de leurs têtes. Nine se serait bien attardée un peu plus au pied de ces falaises, mais le gamin s'agite et leur fait signe de le suivre. Ils s'engagent sans plus tarder avec leurs chevaux sur un sentier de chèvres, très étroit, qui remonte sur le plateau derrière les falaises, une sorte de raccourci selon Prasenji, qui commente leur changement de direction. Ça monte à pic pendant dix bonnes minutes, mais juste avant d'arriver sur le replat, le gamin leur demande de descendre de cheval et d'attendre. Un arrêt périlleux en pleine pente sur un sol friable… Ils n'ont pas le choix ! L'enfant disparaît aussitôt direction le plateau. Nine n'aime pas ça, elle a l'impression de se faire manipuler. Impatiente, elle met pied à terre et tombe sur ses genoux. Ses jambes ne la portent plus : il faut leur redonner un peu de sang ! Elle les secoue frénétiquement, l'une après l'autre, comme un chat qui serait tombé à l'eau. Puis elle donne les rênes de son cheval à Prasenji, et d'un air décidé, sans un mot, grimpe la butte à quatre pattes pour observer ce qui se passe sur le plateau. Oh elle le fait très discrètement, ne laissant dépasser que le tiers supérieur de sa tête avec sa touffe de cheveux courts tout sablonneux. À peine a-t-elle posé les yeux sur ce nouveau décor qu'un sourire se forme sur son visage. Elle murmure : « Voilà donc un peu d'action ! » Sous son nez, le gamin vient de se faire capturer et est forcé de monter dans un véhicule par les deux malabars du petit-déjeuner alors que le pilote gesticule et hurle des ordres en mongol. Pas de surprise à ce niveau-là : le pilote n'est autre que ce brave paléontologue et mari d'Isabella : Gaston Rouices.

« Tiens, tu parles le mongol maintenant, Gastounet, Gastounet "tzut tzut tzut" (elle fait ce petit bruit quand elle est concentrée)… Et que nous réserves-tu encore ? s'interroge-t-elle, pleine de suspicion. En plus tu n'as jamais été mon favori mon petit Gaston, grrr !! »

Le moteur du vieux Cessna six places tourne toujours, il va repartir c'est imminent. Pour l'instant, les deux malabars sont en train de forcer un autre gars à monter dans l'avion, mais elle n'arrive pas à voir de qui il s'agit : la porte passager est du côté droit de l'appareil. Éberlué, Prasenji, qui n'a pas quitté Nine des yeux, la voit bondir et sprinter pour couvrir la distance qui la sépare de l'avion. Elle termine de justesse sa course folle en glissant sur ses genoux pour arriver pile poil à l'arrière de la carlingue juste dans l'angle mort. Sous l'œil toujours ahuri de Prasenji, elle se terre derrière la roue arrière gauche de l'avion et reprend son souffle avant de passer agilement de l'autre côté… Puis, mais ça, Prasenji ne peut pas le voir, elle se hisse sans grand problème dans la petite soute de queue, en refermant méticuleusement la porte tout en s'assurant que le mécanisme s'ouvre facilement de l'intérieur. Une poignée de secondes plus tard, recroquevillée sur elle-même, coincée dans cette soute, elle sent l'avion qui commence à bouger.

– *Here we go old lady!*[31]

Prasenji a perdu le contact visuel.

– Mais où est-elle passée ?

La chance est du côté de Nine puisque c'est sur ce même type d'engin qu'elle a passé son permis il y a de cela des années, mais cela ne s'oublie pas.

---

31. Allez grand-mère, c'est parti !

L'avion s'élance, Prasenji se terre au sol, espérant de toutes ses forces qu'elle ne soit pas montée à bord. Par chance, l'engin décolle face au vent, qui en ce moment vient de l'est, et il s'éloigne en ligne droite sans devoir faire une boucle d'ajustement de direction. Prasenji attend bien cinq minutes avant de sortir de sa cachette avec les trois chevaux sur les talons. Mais une fois arrivé sur le plateau, il n'y a plus de gamin, plus de Nine, plus d'avion… Personne… Que la poussière sur la piste sud qui témoigne du départ d'une voiture, ainsi qu'une brise matinale qui vient de l'est.

– 20 –

LES YEUX DU DÉSERT

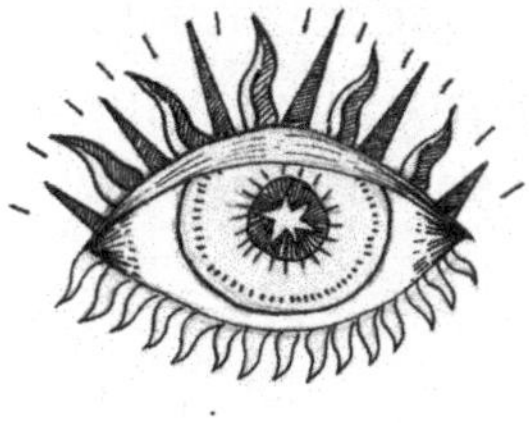

Pumilla est debout au sommet de cet escarpement haut d'une bonne centaine de mètres. Au centre se dresse une belle formation rocheuse arrondie. L'attention de Pum est attirée par des dizaines et des dizaines de minéraux phosphorescents, tous de même taille. À les regarder de près, elle remarque qu'ils sont joliment polis et incrustés dans la roche. Cela doit être de l'aragonite… En sortant de la cathédrale, elle a remarqué que la voûte du plafond en était recouverte. Accroupie, elle passe ses doigts sur les aragonites qui l'intriguent et découvre ce qu'elle ne pouvait voir debout : chaque pierre a été méticuleusement détourée, sculptée pour ressembler à l'iris d'un œil. Elle en observe plusieurs et découvre qu'elles sont toutes marquées du symbole de « l'œil ». Pumilla recule pour voir si tous les « yeux », ensemble, représentent par hasard un motif… Non, rien de tout cela, ces centaines d'yeux regardent le ciel. Bien des civilisations ont utilisé ce symbole : les Égyptiens, les Indiens d'Amérique du Nord, les Grecs et plus récemment les francs-maçons, etc. Il est la plupart du temps représenté pour exprimer une chose invisible, du bien ou du mal… Voilà à peu près l'étendue des connaissances de Pumilla sur le sujet. Avec un accès internet, ce serait différent…

Cela la rend nostalgique. Elle se souvient de sa rencontre avec un Mongol tout maigrelet, ce qui est chose très rare en Mongolie, c'était dans le Nord. Elle l'avait croisé dans une région boisée remplie de rivières, et ils avaient passé du temps ensemble. Il lui avait dessiné dans la poussière sur le sol la direction à prendre et où trouver de l'eau. Et quand elle lui avait demandé comment il s'orientait, il avait répondu : « Eh bien avec les étoiles que tu peux voir ! » Il savait qu'il y avait bien d'autres planètes dans le ciel, mais pour lui ce qui comptait, c'était celles qu'il pouvait voir à l'œil nu. Elle l'avait remercié et avant de partir lui avait demandé si elle pouvait faire une photo. Il était d'accord mais à la condition que son cheval soit aussi sur le cliché. Il s'était alors retourné et, d'un geste doux, avait nettoyé les yeux de son cheval avec la manche de son manteau puis avait posé à côté de celui-ci avec un sérieux remarquable[32].

Elle le revoit comme si c'était hier. En revanche, elle a oublié les visages des autres Mongols : ces cavaliers saouls qui l'avaient poursuivie dans le désert, ou lorsque son camp était envahi chaque soir à la tombée de la nuit pendant plus de deux mois, ou encore lorsque les hommes s'approchaient d'elle, descendaient de cheval et sans un mot se postaient à ses côtés pour uriner… Elle en rigole à présent : « Ah ces Mongols ! "Za za za"… Ils se prennent tous encore pour des guerriers du temps de Gengis Khan ! »

En réalité, ils sont à peu près tous d'une manière ou d'une autre les descendants de Gengis Khan, puisque plus de seize millions d'individus en Asie possèdent l'ADN de ce personnage hors du commun et héros national. Ses troupes passaient là où les autres rebroussaient chemin. Lorsque la nourriture leur manquait, les guerriers survivaient en buvant chaque soir quelques gorgées du sang de leurs chevaux dont ils avaient sectionné une veine, et du lait fermenté de jument qui est très nourrissant… mais alcoolisé ! Donc oui, ils étaient résistants et surtout plus ou moins continuellement saouls. Le destin de ce peuple a toujours fasciné Pumilla, et son amour pour ce pays sauvage et rude est encore plus présent aujourd'hui. Elle comprend

32. La photo se trouve dans l'ouvrage *Sauvage par nature*, Éditions Michel Lafon.

mieux, après toutes ses expériences, le lien que les Mongols nomades d'aujourd'hui ont avec cette terre et avec leur passé, et leurs difficultés à vivre au présent avec les valeurs de leurs traditions.

Du haut de sa tour rocheuse, Pumilla sourit face à la nuit. Le désert qu'elle domine est irradié par le clair de lune, c'est d'une grande beauté. Mais en réalité elle est captivée par les « yeux d'aragonite » : c'est étrange et cela l'intrigue, la chatouille de l'intérieur. Elle se hisse sans grand effort sur le rocher arrondi qui semble avoir été comme posé là, et découvre qu'une sorte de cavité en forme de feuille s'y est formée, assez profonde pour se remplir d'eau. D'une légère caresse, elle dérange le miroir de l'eau où se reflète la nuit, surprise par la température qui est presque chaude. Et sans se poser de question, elle répond à l'invitation silencieuse, retire un à un ses vêtements qui tombent sur le sol et, toute nue, fait face à la pleine lune avant de se glisser dans cette eau noire et câline qui lui arrive jusqu'au cou. Elle laisse alors échapper une longue expiration qui se mélange à l'air du désert, comme si elle se déshabillait aussi de l'intérieur. L'espace d'un instant, elle oublie les aventures de ces derniers jours. Elle est juste une femme qui répond à l'invitation de l'eau et de la Lune.

L'oiseau de tout à l'heure n'a pas bougé, il la regarde.

Elle met la tête dans l'eau et seuls son nez et ses yeux sont encore à la surface. Pumilla aime flotter dans l'eau, ses sens sont alors sans limites et vulnérables à la fois, mais surtout elle arrive à entendre son corps, son sang, son cœur. La moindre vie à l'intérieur d'elle-même produit un son que l'eau amplifie. Même les paupières fermées, elle ne peut s'empêcher de voir tous ces yeux qui virevoltent dans son esprit. Elle ne veut pas laisser tomber cette affaire et s'attelle à mille à l'heure à trouver une explication.

« Les yeux regardent quelque chose qui est invisible à l'œil nu, se répète-t-elle, quelle ironie ! Le ciel ? Les yeux regardent le ciel ? Mais non… pfutt, peste-elle, bien sûr que non, c'est plus subtil que cela. »

Elle a toujours aimé les énigmes mais celle-ci est vraiment complexe, et elle a cette boule au ventre qui lui dit que c'est urgent !

Elle s'énerve de ne pas comprendre le message et, mettant fin à sa petite séance introspective, rouvre les yeux. Un homme est nonchalamment assis au bord du bassin ! Il la regarde ! Cela déclenche en elle un réflexe de protection immédiat et elle se recroqueville. L'eau la recouvre mais tous ses sens crient au danger et son cœur bat la chamade. Elle ne peut sortir nue, il lui bloque l'accès à ses vêtements en se tenant précisément là, de son corps imposant et dominant ! Une fraction de seconde et sa décision est prise. « Il n'y a qu'une seule façon de sortir d'ici », se dit-elle, et d'un coup de reins, elle sort de l'eau, se relève nue, droite, la tête haute, telle une déesse guerrière d'un autre temps. Elle marque une pause un instant en regardant l'homme droit dans les yeux avant de se saisir de ses vêtements et de s'habiller hâtivement. Elle n'acceptera jamais d'être ainsi acculée et de devenir une victime. Cette situation a réveillé le feu de l'animal sauvage qui brûle en elle : être libre est un choix, pas quelque chose que l'on reçoit ou que l'on se fait voler. Elle n'appartient à personne, à aucune entité ni politique ni religieuse, elle est libre comme le vent, indépendamment de qui elle aime, elle n'appartiendra jamais à personne. La liberté vient de l'intérieur et c'est un besoin aussi fondamental que la nourriture. Celui ou celle qui en est privé meurt à petit feu et son cœur se dessèche comme une pomme qui a passé l'hiver à la cave…

Il a compris et s'est éloigné. Au bord du rocher, il attend, simplement. Elle finit par le rejoindre. Tout en se rapprochant, elle remarque qu'il est très grand et athlétique ; il a des longs cheveux noirs qui lui descendent jusque dans le dos, si brillants qu'ils reflètent la lumière de la Lune.

Elle lui fait face, tout en restant à distance.

– On doit partir, dit-il sans la regarder.

Attendait-elle plus d'explications ? Pas vraiment. Il insiste.

– Maintenant !!

– Ok, ok, je prends un truc et je viens.

Lorsqu'elle revient, avec son coffret sous le bras, il n'est plus là, elle voit juste son buste qui s'efface dans le vide !

– Quoi ?

Elle court sur les quelques mètres qui les séparent, croyant qu'il a sauté, mais il est en train de descendre en mettant un pied après l'autre dans les minuscules anfractuosités de la paroi. Ces trous ont été méticuleusement taillés et partent en diagonale. Ils sont visibles grâce à la position de la pleine lune ; quelques heures plus tard, elle ne verrait plus rien… C'est périlleux et super dangereux sans corde, mais a-t-elle le choix ? Elle cale son coffret dans son dos comme elle l'a fait pour grimper à l'arbre, et s'engage dans la descente sans broncher. Lentement, collée à la paroi comme un lézard, elle progresse en suivant l'homme…

Aux trois quarts de la descente, l'oiseau de nuit réapparaît et vient se poser sur l'épaule de celui-ci, qui doit en fait être originaire d'Amérique du Nord. Il lève aussitôt la tête et lui souffle :

– Vite, vite plus vite !

Elle est prête à rétorquer lorsqu'elle voit, au loin, des phares de voiture qui se rapprochent, et comprend. Il accélère, à tel point qu'il semble glisser latéralement comme une araignée, mais elle, elle n'arrive pas à le suivre.

– Je vais faire diversion, lui dit-il, vas-y tranquillement.

Une fois au sol, il saute sur son cheval qui l'attend et s'élance au galop à une vitesse vertigineuse, le haut de son corps est à la fois en suspens et collé à la crinière du cheval. Il passe sous elle au galop et contourne la paroi aussi rapidement qu'il le peut, ce qui va donner le temps à Pumilla de descendre. Une fois au sol, elle s'enfonce dans la nuit direction nord, en faisant attention d'effacer leurs traces. Elle a repéré une forêt de saxaouls depuis le sommet, elle y sera en sécurité. Pendant ce temps, de l'autre côté, le cavalier se fait aussitôt encercler par des véhicules. Des Mongols armés, en uniforme kaki, en descendent.

– 21 –

L'INFINI DES POSSIBILITÉS

Le jour se lève lorsqu'elle arrive, épuisée, dans la forêt de saxaouls. Durant tout le trajet sur ce sol sablonneux, elle a gardé un rythme très soutenu. Cet effort a été nécessaire pour mettre le plus de distance possible entre elle et ses poursuivants potentiels. Peut-être l'homme aux longs cheveux a-t-il réussi à faire diversion ? En tout cas, elle n'a vu personne… Elle trouve un rassemblement de bosquets suffisamment dense, idéal à son goût pour s'y allonger et s'y cacher, lorsque le bruit d'un moteur d'avion lui parvient. Elle lève la tête et entre les branches épineuses repère l'engin haut dans le ciel.

Elle est loin de se douter que Gaston Rouices est le pilote de l'avion, que le vieux Mooji est prisonnier à l'arrière et que Nine s'est glissée dans la soute, et manque grandement d'air en ce moment même.

Puis elle laisse sa tête tomber au creux de son coude et s'écroule de sommeil. Lorsqu'elle se réveille, de petits cris aigus se font entendre tout autour d'elle. Sans bouger un œil, elle attend : ils finissent par sortir l'un après l'autre de leur terrier. Ce sont des chiens de prairie, sorte de rongeurs très mignons. Ici leurs terriers sont creusés dans le sable ; plus au nord, dans la steppe, ils sont exposés aux oiseaux de proie et aux loups, et les Mongols eux-mêmes les mangent. Pum est prête à se relever lorsqu'ils émettent leur cri d'alerte. Elle reste tapie, immobile… Un rapace vient de passer juste au-dessus d'elle. Elle ne trouvera pas d'eau ici, elle le sait déjà. Les saxaouls poussent sur les dunes et ont des racines qui vont jusqu'à trente mètres de profondeur pour chercher l'eau. Ces forêts sont redoutées des Mongols parce que le loup y élit souvent domicile. Elle décide de se reposer jusqu'à la tombée de la nuit.

La soif la réveille. Elle a la bouche pâteuse. Le jour tombe lentement comme une feuille en automne, le soleil est doux maintenant. Elle est en accord complet avec elle-même ici : se retrouver sous un arbre, seule, sans eau, pourchassée n'est peut-être pas l'idéal, mais pour elle c'est comme s'extraire un instant du temps qui passe à toute vitesse. Savoir s'arrêter et regarder est un art que chaque Mongol

Nous nous
aimions par
combler le silence
i szczotkowania
z dostawą [illegible]
Zapłaciłam 335 zł [illegible]
pas d'[illegible] c'était [illegible]
[illegible] notre [illegible]
P238 [illegible]...

AIRFRANCE

maîtrise, tandis que nous, nous nous agitons pour combler le silence… Ici, quand le vent dort, il n'y a que cela : de l'espace et du silence ! Si nous arrivions toutes et tous à passer des heures seuls sous un arbre, prendrions-nous les mêmes décisions ?

Tout à coup, des mouvements sous le fourré attirent son attention. Quelque chose fouille et respire le sol, le balayant méthodiquement. Les chiens de prairie ont compris et un cri d'alerte est lancé. Pumilla sait que le loup n'est pas loin ; elle ferme les yeux et, de son cœur, lui envoie ce message : « Je ne suis que de passage, merci de m'avoir acceptée sur ton territoire… » Elle se concentre sur le sentiment que l'on ressent lorsqu'on est aimé ou en amour avec quelqu'un, et le recrée en elle : tout son corps vibre de cet amour qu'elle lui envoie comme une signature. Encore une fois, il faut comprendre qu'on est et sera toujours sur le territoire de quelqu'un d'autre. Rien ne nous appartient vraiment, ni maintenant ni jamais. La planète n'est pas à nous, ce n'est pas une « chose » comme tant de monde le pense, mais notre maman à tous. Aujourd'hui, nous n'arrivons même plus à reconnaître notre propre mère, que nous est-il arrivé ? Comment un tel lavage de cerveau et de cœur est-il possible ? Des larmes incontrôlables coulent sur les joues de Pumilla, une lourde tristesse l'envahit. Le loup arrive à sa hauteur, il est magnifique ; leurs regards se croisent, il n'y a aucune peur chez Pumilla et aucune appréhension chez le loup, il s'arrête, la regarde, puis continue sa route.

La peur est gardienne des ténèbres. C'est là où les gens qui vivent dans la peur vont ; si tu en abuses, elle t'enfermera dans son monde gluant où tout passe en boucle et où l'esprit se nourrit de ses propres excréments. Et pourtant la peur a une fonction importante, puisqu'elle est gardienne des portes du monde d'en bas. Elle nous rappelle la valeur de la lumière et nous empêche de descendre les escaliers dans l'obscurité… Mais attention, elle peut être salvatrice, ou au contraire dangereuse en surconsommation.

Vivre dans l'instant sans craindre la seconde qui arrive nourrit notre lumière intérieure et augmente nos pouvoirs et notre lien à notre divinité… S'il y a une personne qui sait cela, c'est bien l'exploratrice. « Tu fuis quoi ? », lui demandent les gens, parlant de ses escapades lointaines. Si seulement ils se rendaient compte que fuir, c'est ce que font ceux qui ont abandonné leurs rêves, ceux qui vivent en mode « automatique », ceux qui se laissent guider par les idées en vogue, les tendances… Il arrive un moment où eux-mêmes ne savent plus ce qu'ils aiment et ce qu'ils sont vraiment.

Pumilla n'est-elle pas au milieu du désert de Gobi à vivre sa destinée à bras-le-corps ? Là, elle a soif et elle va remédier à cela le plus vite possible. Avant de se lever et de se mettre en route, elle enterre profondément le coffret en bois précieux, il est encombrant, cela la ralentit, elle reviendra le chercher.

La Lune va l'aider à s'orienter puisque l'ombre sur les reliefs est une vraie boussole qui dirige Pum dans la bonne direction : plein nord.

Au bout de plusieurs heures de marche, elle arrive vers une formation rocheuse qui lui plaît. Avec elle c'est ainsi, si elle aime un truc, c'est bon pour elle, si elle n'aime pas, elle ne cherche pas pourquoi et s'en éloigne. Ses instincts sont aiguisés, et parce qu'elle les écoute et les valorise, c'est comme si elle les convertissait en connaissances solides et infaillibles à chaque fois ; ils deviennent un outil indispensable.

« Notre instinct animal est notre boussole intérieure. »

Elle sait que dans ce sol il y a de l'eau mais qu'il faut creuser pour atteindre la nappe phréatique. Si on déniche le bon endroit, elle peut se trouver à un mètre de profondeur à peine… Pumilla fait des repérages et constate que cet endroit est idéal, un puits a dû exister ici, les nomades ont dû arriver à la même conclusion qu'elle, même si elle sait qu'aujourd'hui ils ont déserté cette partie du désert. Elle grimpe sur un rocher et observe les contours et les formes, imagine le parcours de l'eau, jusqu'au moment où elle la sent. Elle se précipite pour creuser et découvre un bout de planche de bois, c'est juste un coin mais elle sourit déjà : elle a trouvé le puits. Elle retire le sable, le dégage, puis ôte la planche qui donne accès à un trou. Au fond de la fosse, la Lune ne se reflète pas dans l'eau, le puits est à sec. Mais elle n'a pas dit son dernier mot. Comme elle l'a souvent fait, il va falloir excaver un peu plus et attendre que l'eau remonte. Elle creuse davantage. Il n'y a maintenant plus qu'à patienter… Elle se couche sur un rocher parce qu'à cette heure de la nuit, les scorpions patrouillent dans le sable. Moins d'une heure plus tard, elle se penche et le reflet de la Lune est la première chose qu'elle voit.

– Yeah, yeah, yeah !!! s'écrie-t-elle.

Encore faut-il qu'elle goûte l'eau pour savoir si elle n'est pas salée. Elle descend dans le trou, s'accroupit et dans sa main droite recueille une gorgée d'eau qu'elle avale et qui descend dans son corps centimètre par centimètre.

– Yes ! Victoire, c'est de l'eau douce !

Elle va rester là quelques heures à répéter ce geste, pour se réhydrater avant de repartir, ne connaissant pas l'emplacement du prochain point d'eau ni la topographie de ce qui l'attend. Elle efface ses traces et recouvre le puits de la planche en bois qui fait office de couvercle et camoufle le tout avec du sable, rendant ce puits à nouveau invisible. Elle se retourne et s'enfonce entre les blocs qui semblent avoir atterri là comme une pluie de rochers gigantesques. Ils sont arrondis et magnifiques, isolés les uns des autres. Des sentiers d'animaux zigzaguent entre eux. Pum adore ça, cette situation, cet endroit… Au sommet d'une formation plus haute, elle remarque la silhouette d'un argali[33] avec ses cornes recourbées qui lui donnent une allure imposante. Quelques mètres plus loin, un lièvre du Gobi lui passe entre les jambes.

---

33. Une sorte de mouflon d'Asie centrale.

Des plantes poussent maintenant au pied de chaque rocher. « Comme tout est simple en fait », se dit-elle. Et si cette énigme géante dans laquelle elle se trouve et joue un rôle clé était plus simple qu'elle ne l'a imaginé ?

La marche est l'art de se déplacer pour nous les humains, mais « se sentir à la maison », pour Pumilla, c'est un sentiment qui n'est pas lié à un lieu : c'est une sensation. Celle d'aller à la rencontre du pas suivant, de lire la Nature et de s'y connecter, de sentir l'eau. Cet apprentissage est celui d'une vie… l'apprentissage de la liberté, de la non-dépendance. Pour elle, se sentir à la maison, c'est résonner avec la Terre, s'y réveiller, la caresser avec ses pieds, lui parler, la sentir, reconnaître ses reliefs, y dénicher l'or bleu. Y être liée par le même amour intarissable qu'un enfant porte à sa maman.

Mais avant tout, elle reconnaît cet état d'esprit qui est celui des nomades, des gens qui se déplacent à pied, ceux qui regardent un arbre et y voient un protecteur. Des âmes libres à la recherche de la saveur du temps qui s'écoule. Des vagabonds. Ce sont tous des chercheurs, des observateurs de l'interconnectivité entre les espèces, des ambassadeurs et protecteurs de la Terre… Elle est en train de naviguer entre ces gros blocs de pierre ronds lorsque le plus simplement du monde, elle se sent comme à la maison, tout lui semble familier… Elle sait alors qu'elle est au bon endroit.

Elle marche depuis quelques heures quand elle arrive sur un léger surplomb. Il n'y a maintenant plus de rochers. Le sol est couvert ici et là d'une petite herbe rase, même si le sable est toujours présent. Elle se retourne et remarque que ces formations rocheuses n'ont pas leur place ici ; elles détonnent dans le décor lunaire du désert, mais quelle beauté… Soudain, elle repère la silhouette d'un homme assis en tailleur en haut du dernier rocher avant la plaine ouverte. Et aussitôt un souvenir la transperce comme un flash : un homme assis en tailleur dans une forêt de pins ! Quelques secondes ont suffi pour reconnaître l'endroit ! « Mon Dieu ! La Californie ? Non ce n'est pas possible ! », se dit-elle à haute voix. Elle relève la tête pour le regarder à nouveau, mais il a disparu. Elle se remémore ce moment. Cela fait vingt ans !

C'était durant sa traversée des États-Unis sur le Pacific Crest Trail[34], après une longue section isolée où elle n'avait rencontré personne depuis des jours, elle marchait sur la crête d'une chaîne de montagnes. À seulement quelques heures d'une petite ville du nom de Big Bear, en Californie, où elle allait se ravitailler, elle avait vu un Indien en méditation sur un grand rocher surplombant une forêt de pins.

34. PCT : sentier qui va de la frontière canadienne à la frontière mexicaine.

Elle ne l'avait pas dérangé et avait continué sa route. Cinq cents mètres plus loin, un puma lui était passé littéralement au-dessus de la tête, entre deux gros rochers séparés par un passage étroit. Elle avait silencieusement explosé de joie d'avoir eu la chance de croiser cet animal dans son milieu naturel. Et aux rangers qu'elle croisa peu après, elle ne mentionna surtout pas sa rencontre avec celui qu'on appelle aussi là-bas le « lion des montagnes ». Ils le cherchaient pour le supprimer, il rôdait trop près de la localité.

À peine a-t-elle fini de se remémorer ce moment qu'elle entend derrière elle :

– Tu en as mis du temps pour me reconnaître, dis-moi !

Elle sursaute et se tient le cœur.

– Arrête de faire ça, tu vas me tuer ! C'était toi dans les montagnes à l'arrière de Big Bear ?

– Oui c'était moi, je voulais voir de plus près celle qui chantait la Terre et qui l'aimait autant que mon peuple. Je suis venu et j'ai vu… Puis j'ai remarqué que je n'étais pas le seul curieux dans le coin, le puma t'a traquée lui aussi. Le lion des montagnes ne se laisse voir que par les âmes sœurs de la Terre. Et quand je l'ai vu s'amuser avec toi, j'ai tout compris. C'était beau…

Elle le regarde mieux, le renifle à sa manière, mais il semble transparent comme l'eau de roche ; aucune énergie négative ne s'échappe de cet homme. Il est présent, solide comme les rochers autour d'eux…

Il est habillé simplement d'une tunique claire fendue jusqu'à son plexus solaire, sur un pantalon ample du même tissu grossier. Il porte des bottes montantes en cuir traditionnel, ses longs cheveux noirs lui tombent dans le dos. Les traits de son peuple, de toute beauté, sont gravés sur un visage anguleux et cuivré et ses vêtements sont brodés de dessins traditionnels aux couleurs magnifiques.

Et il continue :

– Je ne pensais pas « voir » autant de toi ! Mais je suis content d'être venu, en réalité !

Il se sent obligé d'ajouter un rire taquin…

– Oh vraiment ? Ce n'est pas très galant de ta part.

– Non pas très, dit-il en rigolant.

– Tu peux me dire ce qui se passe ?

– Oui, bien sûr, je dois t'amener saine et sauve au nid aux dinosaures. Telle est ma mission.

– Quoi ? Non mais pourquoi tu es là ? Comment es-tu arrivé jusqu'ici et où est ton cheval ? Et toutes ces coïncidences ? Et… c'est quoi ce nid aux dinosaures ?

– Ma chère Pum, tu ne trouves pas que ton surnom te va à merveille ? Mais moi je pense qu'il y manque une lettre : le « A ». Tu ne trouves pas que ta vie a été un enchaînement de faits extraordinaires ? Tu as souvent payé très cher tes choix, ta liberté revendiquée, ta progression constante dans l'inconnu, les dangers… Mais t'es-tu jamais demandé si à chaque pas que tu faisais, tu ne déplaçais pas un pion dans cet échiquier qu'est la vie ? Tu avances sur cette toile d'araignée géante, mais lorsque tu touches avec un seul de tes pieds un fil, celui-ci émet une onde sur toute la toile… Et si la vie était cette toile ? Et si chacun de nos pas était connecté à l'infini des possibilités ?

Elle le regarde, pensive, sans prononcer un mot.

Un sifflet strident s'échappe alors d'entre ses lèvres et il enchaîne…

– Je peux répondre à une seule question, pour le reste tu vas devoir te débrouiller toute seule…

– Laquelle ?

Au même moment un cheval arrive au galop et plante ses sabots devant eux.

– Mon cheval est là ! Tu as ta réponse.

Pumilla secoue la tête et lui sourit, il lui rend son sourire.

– Allez, en route, le temps presse…

Il monte le premier puis la prend par la taille et la fait virevolter d'un geste précis pour l'installer derrière lui. Elle remarque qu'il n'y a pas de selle. Il place son bassin d'un geste gauche-droite et sans se retourner passe son bras en arrière pour la serrer un peu plus encore contre lui. Elle ne peut s'empêcher de penser que même un grain de sable ne pourrait s'infiltrer entre eux. Puis soudain, elle est projetée en arrière et se rattrape in extremis à sa taille, qu'elle ne lâchera plus durant toute la chevauchée. Elle a l'impression de flotter, mais il semble que sa technique soit telle que leurs corps ne touchent que très peu le cheval. Une chose est sûre : ils ne font qu'un, et dans le feu de l'action, le nez collé à son dos, elle sent son corps musclé travailler. Même son odeur commence à l'envoûter, il sent la forêt, les sous-bois… Organique, vivant et vibrant.

Après une longue échappée la monture s'arrête net. Pum décale sa tête de derrière le dos de son cavalier et découvre qu'un barrage composé de véhicules en tout genre, 4 × 4, motos, quads et un autre engin aux roues surélevées qu'elle n'a jamais vu auparavant leur bloquent le passage. Il la fait descendre gentiment, et lui glisse à l'oreille :

– Ne t'inquiète pas, je vais faire diversion pour que tu puisses t'échapper.

Elle observe les véhicules, tous couleur kaki, une vraie armée, pourtant elle sait très bien que ce n'est pas l'armée, mais des trafiquants d'on ne sait quoi. Elle s'approche et s'écrie :

– Je veux parler à votre chef !

– Aucun problème ma petite dame, le voilà.

Entre-temps, deux gars viennent empoigner l'Indien aux cheveux longs qui l'accompagne.

Un homme s'avance, athlétique, grand et sûr de lui, d'après sa démarche. Elle ne voit que sa silhouette car les phares des véhicules l'éblouissent tels des projecteurs. Soudain une voix familière perce la nuit.

– Tu aurais dû accepter ma proposition, tu sais ?

Elle met sa main en visière au-dessus de ses yeux pour mieux voir ce qui se passe. Mais elle n'a pas besoin de le voir, elle sait à qui appartient cette voix.

– Vladi ! Pourquoi ne suis-je pas surprise ?

– Vraiment, tu n'es pas surprise ?

– Ben non, tu es si prévisible en fait… Je pensais bien que tu trempais dans des trucs pas très clairs et là, à moins que tu ne sois fou amoureux et que tu aies mis une armée en place pour me retrouver, fait-elle avec un rire moqueur, je ne vois pas vraiment quoi dire d'autre… à part trafic d'or ? D'êtres humains ? De drogue ?

– Ah ben, je vois que tu es très loin de comprendre ce qui se passe.

À ce moment même, des cris et des coups de feu retentissent, un gars hurle :

– l'Indien a disparu.

– Rattrapez-le bon sang ! crie Vladi, hors de lui.

Des véhicules s'élancent alors à sa poursuite. Puis Vladi revient sur ses pas, mais Pumilla a disparu. Son collègue, un gars étrange, petit et rondelet, le crâne rasé, s'excite et voit rouge. Vladi le retient par le bras :

– Non, ne fais rien !

– Quoi ? s'étonne l'autre.

– De ce côté-là, à l'ouest, il n'y a que du désert, aucun nomade n'y vit depuis des années et il n'y a aucun point d'eau. Crois-moi, elle n'ira pas très loin… On la cueillera épuisée au petit matin et je me réjouis de voir sa tête à ce moment-là ! ricane Vladi.

– 22 –

DÉSERT, MON AMOUR

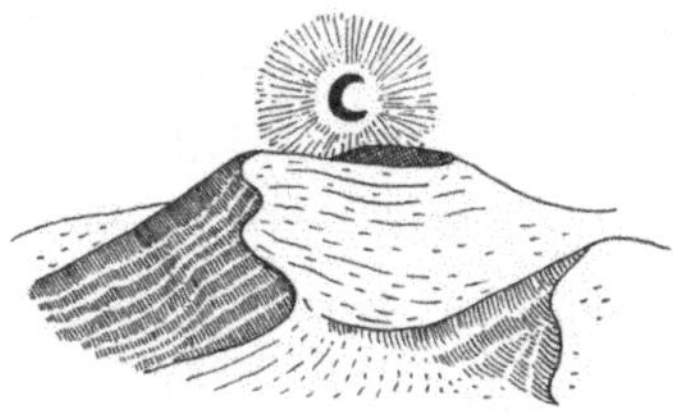

Elle s'enfonce dans la nuit, vers l'ouest, toujours plus profondément dans le désert, et c'est bien ainsi ; loin des humains et de cette énigme qui a commencé par la livraison, chez elle, d'une vertèbre de dinosaure… Elle secoue la tête et pense à Nine. Où se trouve-t-elle en ce moment ? Elle rit de cette situation et lève les yeux pour admirer les étoiles : la Voie lactée brille de toute sa splendeur. Elle a déjà été dans des situations bien pires et elle s'en est toujours sortie vivante. Cette fois ne sera pas différente, même si elle sait que cette partie du désert est sans eau. Elle s'y est déjà aventurée mais avec une charrette chargée d'eau. Elle ne porte aujourd'hui que ses vêtements, sa petite ceinture avec deux poches secrètes où sont cachés une couverture de survie en cas d'extrême urgence, un Light My Fire[35], un préservatif[36], un désinfectant puissant, une lame de rasoir, du fil médical à recoudre avec quelques pansements stériles, et son couteau qui ne la quitte jamais. Cela fait des jours qu'elle n'a pas vraiment mangé mais elle sait que cela n'est pas un vrai problème, elle a survécu à la faim pendant des mois et elle s'en est sortie vivante durant son expédition de survie en Australie de l'Ouest[37]. Elle met un pas devant l'autre en pensant à Vladi et à ses magouilles. Elle rigole, cela l'étonne si peu. Ce qui l'intrigue, c'est pourquoi il est là sur son passage…

Des heures plus tard, un cheval arrive à sa hauteur par le nord. Elle n'a pas besoin de lever la tête pour savoir qui est le cavalier… Il descend de sa monture et lui tend de l'eau en souriant.

– Tu es encore en vie ? Tiens, bois !

– Merci, merci. Et toi ?

– Oui, mais toi tu dois survivre !

Il se met à rire.

– Pourquoi vous me dites tous ça ?

– C'était qui le chef de la bande ? Tu le connais…

– Vladi ? Oh, c'est une longue histoire, un p'tit trafiquant d'origine slave, il travaille en couverture pour le gouvernement à construire des ponts.

---

35. Allume-feu constitué d'une pièce de métal que l'on frotte sur un bâton de magnésium.

36. Réservoir d'urgence de cinq litres.

37. Le livre qui relate cette expédition est *Instincts*, aux Éditions Michel Lafon.

– Non, je ne crois pas, ce n'est pas qu'un trafiquant, tu le sous-estimes. Il cherche les portes de Shambhala.

– Vous avez quoi, tous, avec cette légende ?

– ?! Tu veux me dire qu'après avoir vécu ce que tu as vécu, tu ne connais pas la raison de ta présence ?

– ?!?! De quoi tu parles ?

Il se retient de prononcer un mot de plus. Et si elle ne devait pas savoir ? « C'est peut-être mieux ainsi », se dit-il. Mais est-ce très correct de ne pas lui dire ?

– Tu es sérieux d'un coup ? Il se passe quoi ?

– Rien. Je pensais à un truc.

– Il me semble que tu en connais un bout, toi, sur les portes de Shambhala. Tu me racontes ?

– On n'a pas le temps, là, mais dès que l'occasion se présentera, je le ferai. Il faut partir, ils vont arriver dès le lever du jour. Monte !

Elle salue le cheval et monte…

Allongée sur le sable, elle reprend gentiment connaissance. L'homme aux cheveux longs est là à ses côtés, il a posé la tête de Pum délicatement sur ses genoux, il est inquiet. Elle se relève, sa tête est lourde, elle est encore un peu dans son rêve.

– J'ai rêvé que…

– Chut ! Ne parle pas, il faut que tu reprennes des forces.

– Pourquoi ? Que s'est-il passé ?

– Je t'ai trouvée couchée par terre, inconsciente.

– Mais non, je m'apprêtais à monter sur ton cheval !

– Quoi ? Pas du tout…

– Que se passe-t-il ? J'ai l'impression d'avoir été déposée là, depuis quelque part !

– Tu as rêvé de gens un peu étranges, où tout était amour et si serein ?

– Oui ! Comment le sais-tu ?

– … Tu devais être à Shambhala…

– Arrête de m'embrouiller avec ça ! Pas cool !

– Viens monte, on va se mettre en sécurité et je te raconte toute l'histoire de Shambhala.

Un truc l'a piquée dans le sable entre les omoplates, qui la brûle, elle essaie de se gratter mais sans succès.

– Tu fais quoi avec ta main dans ton dos ?

– Eh bien, vu que tu m'as vue nue, tu pourrais regarder qui a osé me piquer entre les omoplates, ça me brûle vraiment !

Il n'a pas le temps de répondre, des phares apparaissent à l'horizon, il la propulse sur le cheval. « Un peu d'action va remettre les idées en place à tout le monde », se dit-il. Et les voilà partis pour une longue chevauchée en direction du nord, vers le nid de dinosaure. Elle s'accroche à lui une fois de plus, pendant qu'elle se repasse son rêve en boucle ; à chaque fois elle en perd un bout, sa mémoire ne l'enregistre pas… Mais en elle se trouvent des résidus de cet amour universel si fort qui se dégageait de cet endroit. C'était si paisible, doux comme dans le ventre de sa mère.

Elle ferme les yeux tout en s'agrippant de toutes ses forces à son protecteur… Des mots martèlent son esprit sans qu'elle puisse les arrêter :

« Tu es connaissance, tu es harmonie, tu es abondance. »

Elle se met à pleurer sans savoir pourquoi. Qu'est ce qui lui arrive ? Son dos la brûle de plus en plus avec le frottement de son vêtement. Des heures plus tard, ils arrivent à la base ouest d'une grande formation rocheuse. Ils mettent enfin pied à terre.

– Je n'en peux plus, tu dois me raconter, hurle-t-elle.

Il la regarde et comprend que ce secret n'en est plus un, il sera celui qui lui révélera sa destinée.

Il monte sur un rocher accessible à proximité et lui demande de le suivre. Ils s'asseyent en tailleur face à la nuit, sous une voûte d'étoiles magnifique. Il respire et laisse s'installer un silence qu'elle respecte. Après un long moment, il prend la parole.

– Mon peuple vit en harmonie avec le cosmos et la Nature depuis le début des temps et chaque personne sur cette Terre a une mission. Pour ma part, ma mission est précise. Je suis gardien du temps, fils du vent et du faucon.

– C'est très beau, mais c'est quoi le rapport avec ce qu'on vit ici ?

– J'y viens, j'y viens… L'espace-temps peut s'étendre et se décupler pour créer d'autres réalités.

– Quoi ? Tu rigoles, c'est ça ?

– Tu crois que je suis arrivé ici comment avec mon cheval ? Tu as déjà vu un cheval à trois couleurs ici ? Tu imagines que je suis monté dans un avion ?

– Euh non, mais… Et les autres protecteurs, ils venaient d'où ?

– L'un, je crois, du Moyen-Orient.

– Maintenant que j'y pense, le cavalier mongol m'a dit : « Tu dois y croire pour voir », parles-tu de cela ?

– Toi seule le sais.

– Comment as-tu fait alors pour arriver ici ?

– Je déplace mon esprit, parce que je suis le fils du vent, puis mon corps physique suit mon esprit, nous sommes énergie avant tout et une multitude de molécules.

– Et notre première rencontre ?

– Je n'habite pas très loin d'où tu m'as rencontré avec ma famille. Le puma, par contre, te suivait depuis longtemps… Il te gardait.

– Je ne sais pas si j'ai vraiment envie d'en entendre davantage…

– Je ne t'en dirai pas plus alors, mais sache que tu as tissé une toile avec tes pieds sur cette Terre. Et tu as suivi ta destinée en acceptant ta tâche. Aujourd'hui n'est que la suite de ta longue lutte pour ta liberté, ta curiosité, ta croyance, ta joie face au dénuement. Ta force intérieure découle de ton chemin. Ne doute de rien, fonce, danse sous la pluie, fais ce qui fait sourire ton cœur… Tu as gagné ta liberté avec ta rigueur et ta sueur… Mais tout cela tu le sais déjà. Aujourd'hui tu es à un croisement, c'est tout, on est là pour t'aider. Mais cela suffit, viens !

Ils se relèvent et comme il la voit chancelante, il la prend dans ses bras et la serre très fort. Le temps passe, elle a les yeux fermés, cela fait si longtemps qu'elle ne s'est pas abandonnée pareillement, elle est si bien dans ses bras qu'elle s'endort d'épuisement. Il la soulève alors doucement et la pose délicatement sur le rocher. Il met sa tête sur son épaule et il attend ainsi, sans bouger, le lever du jour.

– 23 –

L'AVION NE DÉCOLLERA PLUS

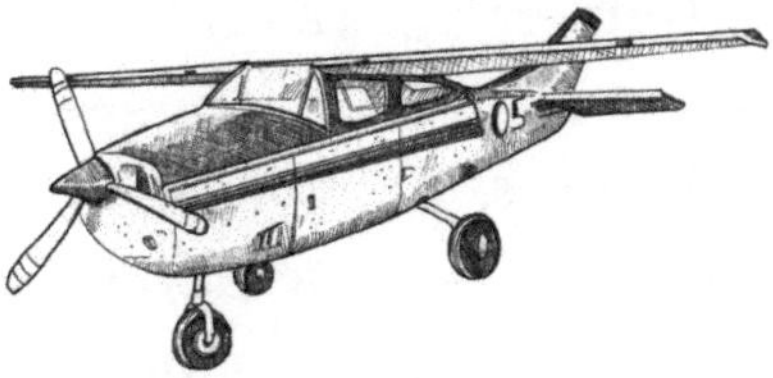

L'avion se prépare à atterrir. Il perd de l'altitude, Nine le sent, toujours recroquevillée dans la soute. Elle est heureuse de savoir que sa torture arrive à sa fin, elle pense à Prasenji et se dit qu'il n'a pas dû apprécier de se retrouver seul au milieu de nulle part avec trois chevaux sur les bras. Elle ne peut refréner un sourire : faut ce qu'il faut ! Même si elle se souvient clairement que Pum leur a demandé de ne se séparer sous aucun prétexte ! Au même instant, les roues touchent le sol, et elle se fait secouer sérieusement. L'engin finit par s'immobiliser, accompagné d'un dernier soubresaut, tandis que des claquements de porte retentissent et qu'un remue-ménage se fait entendre. Plusieurs personnes sont présentes : elle perçoit trois ou peut-être quatre voix différentes, ainsi que le bruit de véhicules qui démarrent et s'éloignent. Elle ne sait pas où elle est. Va-t-elle pouvoir courir à couvert ? Par précaution, elle décide d'attendre un peu. Lorsque le silence s'est bien installé, elle jette un coup œil sur le monde extérieur en entrebâillant la porte : désert à perte de vue, de ce côté-là du moins ! Nine décide de se lancer. Elle ouvre la porte d'un coup sec et se laisse tomber au sol en boule, c'est tout ce que son corps arrive à faire… Tous ses muscles sont tétanisés ou ankylosés. Quelques secondes lui sont nécessaires avant que ses membres puissent réagir et qu'elle se mette sur pied pour aller se réfugier tant bien que mal derrière le pneu arrière droit. Une fois « *on location* »[38], elle observe les environs, et n'en croit pas ses yeux ! Elle est entourée de sable à des kilomètres à la ronde. Enfin presque, il y a bien cette formation rocheuse à l'horizon mais sinon rien ! Elle se relève lentement avec peine.

– Nada ? hurle-t-elle. Mince ! Je ne suis pas près de boire mon expresso !

Elle se met à tourner autour de l'avion – deux fois – en passant ses doigts dans ses cheveux frisés très courts.

– Ok, ok, c'était un peu précipité comme décision, mais rien n'est encore perdu ! Que ferait Pumilla dans cette situation ?

Elle réfléchit un moment.

38. « *On location* » est une expression anglophone que Pumilla et Nine utilisent souvent et qui signifie « sur place ».

– Oui ! c'est ça ! Faire un état des lieux de l'engin. Peut-être y a-t-il des indices ? De l'eau à défaut de mon pt'it café ?

Elle ne manque pas de trouver un compartiment encastré dans la carlingue avec une bouteille d'eau et un kit de premier secours. Elle s'empresse de boire sans savoir depuis combien de temps cette bouteille se trouve là.

– Ok voilà, ça c'est fait. Et maintenant que ferait Super Nine ?

– Yes, yes, yes, se répond-elle avec malice, alors qu'un léger sourire se dessine sur son visage : elle saboterait sûrement le moteur pour éviter que ces petits malfrats s'échappent !

Et de rouler les yeux en remontant ses sourcils d'Italienne…

– Et cela, je sais le faire…

Elle ouvre donc la tôle qui couvre le moteur grâce à la petite clé carrée qui ne la quitte jamais. Certaines ne se promènent jamais sans leur trousse de maquillage, alors qu'elle, eh bien, c'est plutôt un trousseau miniature à clés multiples qui l'accompagne. Le moteur se situe juste derrière l'hélice, elle en retire deux bougies qui sont reliées au dispositif d'allumage et donc sans lesquelles le décollage sera grandement compromis ! D'un rire généreux, elle célèbre cette petite victoire, puis avec précaution, range les deux bougies dans son soutien-gorge, parce qu'elles feront peut-être partie de son plan d'évacuation pour sortir de là…

– Et maintenant ?

Avant de répondre à cette question, elle se place derrière l'avion côté passager pour se protéger du méchant vent qui vient de se lever. Elle n'arrive pas à réfléchir ; ce vent tourbillonne fortement et lui siffle dans les oreilles. « Mais c'est carrément la tempête de sable ! », pense-t-elle quand soudain des minuscules tornades balaient le sol, soulevant des rideaux de sable qui diminuent la visibilité.

– Que ferait Pumilla ?

– Oui ! Elle tournerait cette maigre visibilité à son avantage, comme elle l'a fait d'ailleurs le soir de son départ du lodge en pleine tempête.

– Bien sûr ! Évident, évident… marmonne-t-elle.

Sa décision est prise, elle va profiter de cette tempête pour passer inaperçue et rejoindre cette formation rocheuse qui apparemment est le lieu où se trouve tout ce petit monde. Elle enlève son T-shirt et se l'enroule autour de la tête de telle manière que seuls ses yeux soient libres, puis renfile sa veste sur sa peau nue. Elle essaie de se souvenir des leçons de navigation de Pum et repère le rocher en sachant qu'il va disparaître.

– En avant toute ! crie-t-elle en levant le bras comme si un régiment la suivait.

– 24 –

SCORPIONS PHOSPHORESCENTS

Le désert se réveille gentiment, la lumière repousse la nuit avec insistance, révélant un spectacle qui laisse croire à un nouveau départ. Pumilla se retourne et se rapproche encore un peu plus de l'homme aux longs cheveux noirs : elle a maintenant la tête sur son torse et tout son corps est collé contre le sien. Lui regarde l'horizon et remercie le Divin. Il n'aurait jamais espéré passer un moment comme celui-ci avec elle, une nouvelle fois. Il savoure l'instant les yeux grands ouverts. Il se dit que le cycle de la vie est bien court, en réalité. Pendant ce temps, la passation d'énergie entre la nuit et le jour se termine par un voile rose pâle qui s'évapore rapidement. C'est à ce moment-là que Pumilla remue et se réveille.

Elle reprend ses esprits, et reste encore un moment dans ses bras. Ils lui paraissent si familiers, c'est étrange, se dit-elle. Puis elle lève la tête et quémande un café latte ! Ce qui le fait bien rire ! « Mission accomplie », pense-t-elle, il est si beau quand il sourit… Elle secoue sa crinière et s'étire comme un félin qui vient d'ouvrir un œil. Elle regarde son compagnon un instant dans le silence du matin, il en fait de même, leurs yeux se rencontrent et racontent la même histoire. Mais c'est lui qui rompt ce moment parce qu'il a une mission et qu'il doit la terminer. Elle le voit tourmenté et fait diversion.

– Et maintenant, on fait quoi ? demande-t-elle.

– On va boire un café !

Elle sourit.

– Au fait, merci de m'avoir sauvée, si tu n'étais pas arrivé, l'autre cavalier mongol serait venu et j'aurais dû l'épouser ! dit-elle avec légèreté.

– Quoi ? Soudainement, la fureur monte au nez de l'Indien.

– Calme-toi, cool… Tu me fais presque peur comme ça !

– Non, tu ne comprends pas, ce ne sont pas des paroles en l'air, Pumilla, tu n'as aucune idée. Mon Dieu ! Tu as conclu quoi comme deal avec lui ?

– Arrête de te prendre la tête ! Il m'a sauvée deux fois déjà et il m'a dit : « La troisième fois, si cela arrive, tu deviens ma femme. »

Il s'assied, dépité, terrifié : son adversaire de toujours a réussi à passer un deal avec elle sans qu'il s'en rende compte ! Il ne peut pas expliquer à Pumilla son histoire et elle doit trouver son comportement étrange du coup… Combien de vies lui faudra-t-il ?

– Allez debout ! On n'a pas des trucs à faire ?

– Tu ne t'éloignes pas de moi, ok ! Je ne peux pas t'en dire plus.

– Je ne pensais pas que les hommes, chez vous, étaient des machos, les mêmes que chez nous… Et en plus, imagine ! Je ne connais même pas ton nom !

– Je m'appelle Chayton.

– Ce qui veut dire ?

– Faucon.

Elle est debout sur le rocher en surplomb face à l'intimité matinale du désert. Pensive, elle se souvient de toutes les fois où elle a aperçu un faucon depuis son arrivée dans le Gobi. Étonnamment souvent d'ailleurs… Elle le regarde : il a la puissance d'un athlète, mais ressemble à une montagne « agile ». Une vieille cicatrice part de son menton et atteint sa lèvre supérieure ; ses hautes pommettes relèvent la symétrie parfaite de son visage où le nez proéminent parle à lui tout seul de ses ancêtres. Mais ce qui la fascine vraiment, c'est la force tranquille qu'elle ressent au fond de ses tripes. Une douce sensation indescriptible s'installe en elle à chaque fois qu'il s'approche… Comme une reconnaissance invisible, Il n'est pas un étranger pour elle, mais qui est-il ?

Soudain, le cavalier perçoit l'agitation de son cheval en bas. Il se précipite au bord du grand rocher et distingue une silhouette humaine. Il retourne vers Pumilla, la prend par la main et l'entraîne dans une folle descente. Arrivés à proximité de la silhouette, ils s'accroupissent derrière un bloc et écoutent.

– Tu sais que tu as trop de couleurs ? Tes parents ne pouvaient pas se décider ou quoi ?! Et toutes ces taches ? Franchement que s'est-il passé ? On dirait le cheval de Yakari[39].

Le cheval respire de plus en plus fort.

Pumilla ne peut se retenir de rire, tandis que Chayton lui lance un regard menaçant et lui fait signe de ne pas faire de bruit.

– Elle est seule ? demande Pum.

– Oui.

Alors elle s'élance de derrière le rocher et hurle :

– Nine !

Celle-ci sursaute et s'accroche à la crinière du cheval qui prend peur et se cabre sur ses pattes arrière. Chayton laisse échapper un petit bruit discret et le cheval repose ses pattes et se calme instantanément… Le pire a été évité.

39. Série d'albums de bande dessinée retraçant les aventures du petit Indien Yakari et de son cheval.

Nine s'élance dans les bras de Pum, cherchant son regard et essayant de prononcer un mot, mais ses jambes la lâchent et elle s'évanouit.

– Vite, aide-moi ! hurle Pum. Elle a quoi mon Dieu ?

Chayton couche Nine à plat et la secoue, mais rien n'y fait, elle ne reprend pas connaissance. Pumilla l'examine et remarque rapidement qu'elle a de la fièvre ; son front est ruisselant, et elle est couverte de sable de la tête aux pieds.

– Elle a dû dormir dans le sable… fait Chayton.

– Oh non ! Les scorpions….

Pum commence par lui retirer sa veste, et méticuleusement parcourt sa peau pour trouver le moindre signe de piqûre. Côté face, rien d'étrange à part les deux bougies de démarrage qui se trouvent chacune dans un bonnet de son soutien-gorge. Elle la retourne ensuite sur le ventre, doucement, et là elle découvre qu'elle est piquée à plusieurs endroits au bas du dos. Les piqûres de scorpion se distinguent par le trou qu'elles créent : il y a comme une dépression autour du trou et une rougeur après vingt-quatre heures. Ce n'est pas mortel, mais elle en a une bonne dizaine. Pumilla part en mode survie…

– J'ai repéré un bosquet de saxaouls pas très loin, il doit y avoir la plante antivenin là-bas, elle est très efficace…

– Ok, je t'emmène.

– Non tu restes avec Nine !

– Exclu, je ne te quitte pas d'une semelle. Attends ici.

Il remonte sur le promontoire rocheux et s'assied en tailleur… Peu de temps s'écoule avant qu'un faucon apparaisse et se pose sur son épaule. Il redescend avec lui.

– Il va rester ici avec elle, s'il y a un problème, il viendra m'avertir.

Le cheval a compris, place à l'action, et les voilà qui s'élancent dans la plaine ouverte en direction du bosquet d'épineux en question. Il y a peu d'arbustes mais cela devrait suffire pour que la plante qu'elle cherche – elle n'a pas de feuilles et est très adaptée à ces conditions arides – s'y plaise. Elle pousse dans le sable et utilise les racines de saxaoul comme hôte pour se nourrir et boire. Pum met pied à terre et part en quête de la fameuse plante. Pendant ce temps Chayton ramasse du bois pour faire un feu. En vingt minutes à peine, Pumilla trouve la plante qui pointe son nez, à trois centimètres hors du sol ; elle la dégage du sable et en sort un beau spécimen de plus de quinze centimètres. Parfait !

– En route !

Ils rejoignent Nine qui n'a pas bougé, toujours inerte, et le faucon à ses côtés, aux aguets. Chayton se recueille, les yeux clos. Il le remercie, suppose Pum.

– Vite, vite, fais-moi un petit feu, Chayton !

Elle hume la plante : elle est fraîche. Elle aura donc tout son pouvoir. Elle ressemble à un cône recouvert de minuscules fleurs d'un blanc sale avec l'intérieur violacé. Mais ce qui l'intéresse, c'est la partie solide de la plante, sorte de tronc qui fait trois centimètres de diamètre. Le feu de Chayton est prêt en peu de temps et elle chauffe la partie centrale en question sur la flamme : la chaleur doit bien pénétrer à l'intérieur. Cela fait, elle écrase légèrement le gros tronc avec un caillou pour en extraire le jus, en prenant garde de ne pas casser les fibres qui vont maintenir la plante en une seule pièce, ce qui facilitera l'application. Elle s'empresse alors de faire un cataplasme à son amie qu'elle recouvre avec sa couverture de survie. L'opération terminée, elle se redresse et respire profondément. Le cheval la regarde, le faucon la regarde, Chayton la regarde. Elle leur sourit.

– Elle sera sur pied dans quelques heures, dit-elle sur un ton rassurant.

– Je n'en doute pas, répond Chayton, et eux non plus ! dit-il en désignant ses compagnons à deux et quatre pattes…

Elle rigole et il la prend dans ses bras pour la première fois spontanément. Aucun mot n'est prononcé…

Nine reprend connaissance quelques heures plus tard, le faucon n'est pas très loin d'elle, il l'observe.

– Est-ce que je suis morte ? lui demande-t-elle en le regardant.

– Il t'en faut un peu plus, je crois… rétorque Pumilla qui court à son chevet.

– Oh mon Dieu, tu fais quoi là ?

– C'est toi qui poses la question ? Vraiment ? Tu ne te souviens pas de l'histoire des scorpions phosphorescents qui ne sortent que la nuit et que tu vois si tu utilises une lampe ultraviolette ?

– C'était vrai, cette histoire ?

– Grrr… mais bien sûr que c'était vrai ! Bon sang, Nine !

– Ne t'énerve pas, tu as dû trouver une plante rare que tu m'as administrée ? Non ?

Elle ne lui laisse pas le temps de répondre, car quelque chose de bien plus intéressant vient d'arriver dans son champ de vision !

– Euh, lui c'est qui ? dit-elle en fixant l'homme aux longs cheveux noirs avec le regard d'une petite fille qui a vu une gourmandise.

– Je te présente Chayton.

– Hum… et il sort d'où ?

– C'est une très longue histoire, ma chère…

Comme pour approuver ses propos, l'Indien la prend à ce moment-là amoureusement par la taille.

– Et voilà c'est reparti pour un tour ! Moi je risque ma vie, je saute de la soute d'un avion, brave la tempête de sable, manque de mourir sous les piqûres d'une colonie de scorpions et Pum se trouve le plus beau mâle de la planète au milieu d'un désert !

Et elle ajoute en s'adressant au faucon qui ne l'a pas lâchée du regard :

– Tu vois, toi et moi, on n'est pas très différents en fait ! On fera toujours partie du petit personnel. Si, si je t'assure… Je ne vois pas de fin heureuse pour nous ! Alors on va toujours survivre, ça c'est sûr, mais uniquement parce qu'ils ont besoin de nous, c'est tout !

– Tu as fini ? C'est bon ?

– Pas vraiment mais puisque tu me coupes la parole… répond Nine d'un ton plein de suffisance.

– Allez debout ! Il faut trouver de l'eau.

– Je m'en charge, rétorque Chayton, mais avant, Pumilla viens avec moi, il faut qu'on fasse un vol de reconnaissance pour aller voir ce qui se passe à l'intérieur de ce nid !

– C'est ça le nid ? Tu ne m'avais pas dit que c'était une formation rocheuse gigantesque…

– Oui, elle est ovale, mais vide à l'intérieur, et elle est précieuse pour…

– Vous allez faire quoi ? demande Nine, voler ?

– Repose-toi Nine, on revient dans quelques heures. Je t'expliquerai tout cela en temps voulu !

– Oui bien sûr ! C'est cela. Va voler avec ton amoureux ! Ne vous inquiétez pas pour moi pauvre mortelle que je suis, assignée à terre.

Elle s'apprête à continuer cette conversation avec le faucon mais il a disparu, elle le voit survoler Chayton et Pumilla…

Nine décide de mettre à profit ce temps libre et fait le vide, ou plutôt elle s'endort.

Bien plus tard, une petite voix intérieure lui dit de se réveiller, ce qu'elle ne fait pas, mais le bruit devient insistant, il se rapproche et elle finit par ouvrir les yeux. Elle se trouve nez à nez avec un drone ! Elle pousse un cri et jette un caillou sur l'engin qui l'évite de justesse. Il ne s'éloigne pas pour autant, fait un cercle à gauche puis un cercle à droite et revient vers elle. « C'est étrange, pense-t-elle, il essaie de me dire quelque chose ? En aviation, on bouge gauche, droite, avec les ailes pour saluer ou notifier, c'est Prasenji qui m'avait dit qu'avec les drones… Mon Dieu, Prasenji ? C'est toi ? il m'avait dit qu'il avait mis en place une forme de communication avec ses photographes sur le terrain quand les talkies-walkies ne marchaient plus. Un cercle à gauche veut dire plus à gauche, etc. »

Elle regarde le drone et hurle :

– Prasenji !

Elle hausse les épaules : « Bien sûr qu'il ne m'entend pas », alors elle forme un cœur avec ses deux mains et elle rigole comme une folle. Le drone s'en va en volant sur lui-même en cercle ! « Cela signifie qu'il a compris, se dit-elle. Ok, donc Prasenji est là ? Intéressant et étrange à la fois, attends que je raconte cela à… »

Pumilla et Chayton arrivent à ce moment même.

– Eh bien, vous voilà à temps pour les grandes nouvelles ! Savez-vous que…

– Prasenji est là, dit Pum d'un ton détaché.

– Sérieusement, vous deux, vous m'énervez !

Et tout le monde se met à rire, mais du haut du ciel, le faucon envoie un cri strident d'alerte.

– Tous à couvert ! s'écrie Chayton.

Le temps passe, puis une moto fait son apparition, s'arrête, observe les traces au sol et continue. « On est repérés cette fois », se dit Pum.

– Il faut attendre la nuit ? demande-t-elle. Vous en pensez quoi ? Comme cela on a le temps de mettre au point un plan qui tient la route…

Et d'un commun accord ils attendent la tombée de la nuit avant d'agir. Pendant ce temps, Chayton part avec le faucon chercher de l'eau.

– 25 –

LE NID AUX DINOSAURES

Chayton revient quelques heures plus tard avec des baies sauvages, des graines grillées, une grande outre de dix litres d'eau et une énorme pomme de pin[40] de plus de vingt-cinq centimètres de hauteur. Il remercie le faucon d'avoir veillé sur Pum et Nine en son absence et s'assied en face d'elles. Il dépose par terre les fruits et l'eau, et tend la pomme de pin gigantesque à Pumilla.

– C'est pour toi, ma chère Pumilla ! Je voulais que tu aies quelque chose de chez moi, c'est le parfum de la forêt où nous nous sommes rencontrés pour la première fois.

40. Il s'agit de la pomme d'un pin qui pousse dans le sud de la Californie : *Pinus coulteri*, communément appelé « pin des veuves ».

– Tu as trouvé ça où ? le coupe Nine, qui ne comprend plus grand-chose.

– Je t'expliquerai, lui répond Pumilla.

Elle prend le cadeau des deux mains, fascinée par cette pomme de pin géante, qu'elle retourne dans tous les sens. Mais ce qui va marquer sa mémoire à jamais, c'est bel et bien son odeur.

– Merci, merci ! De tout mon cœur…

Elle est triste, sentant que le moment de la séparation approche. Il ne supporte pas de la voir ainsi, lui prend les mains et la fixe de ses yeux noir profond.

– Pumilla, peu importe ce qui se passe cette nuit, je ne serai jamais très loin de toi et tu sais où me trouver au cas où…

– Chut ! dit-elle en lui mettant un doigt sur la bouche, pas un mot de plus !

Assise en tailleur, Nine regarde la scène en silence, en mangeant nerveusement les graines grillées.

En fin de journée, ils se décident à quitter leur position ouest pour se rendre sur le côté nord du nid, profitant de la lumière rasante. Une fois qu'ils sont arrivés, Pumilla s'exclame :

– Mon Dieu, mais je connais cet endroit, je suis déjà venue ici[41]. Des loups ont tourné autour de ma tente cette nuit-là, puis je les ai entendus hurler sur les gros rochers là-bas, plus tard dans la nuit.

– Génial, ça veut dire qu'il y a un accès pour se rendre à l'intérieur de ce nid géant, fait de parois de granit qui se chevauchent par endroits. Ça va vraiment nous aider !

Durant leur vol de reconnaissance, ils ont vu des véhicules stationnés à l'est du nid, ainsi que des machines et des tentes installées à l'entrée de ce qui semble être un tunnel. Chayton est sûr que la meilleure façon d'y accéder est de repérer la trace des loups. En peu de temps, c'est chose faite, quand soudain un drone s'élève de derrière un groupe de buissons touffus. Nine se précipite et disparaît derrière les fourrés. Elle se relève comme un ressort avec Prasenji qu'elle tient avec « une clé de tête ».

– Ça y est, je l'ai trouvé !

Les retrouvailles sont interrompues par un véhicule qui s'éloigne de l'entrée et patrouille. Ils n'ont que le temps de se plaquer au sol, camouflés par les épineux couleur sable.

La nuit arrive enfin et ils peuvent sortir de leur cachette. Ils s'engagent en file indienne sur les traces des loups, ce qui les amène à la base du rocher apparemment aussi inaccessible qu'une forteresse. Mais Chayton trouve un passage creusé entre deux

41. Durant son expédition de Sibérie en Australie. Voir *Sauvage par nature* aux Éditions Michel Lafon.

blocs assez grand pour y passer un corps ; c'est l'entrée des loups, le sol est tassé par les allers-retours des bêtes. Ils espèrent, en l'empruntant, arriver non pas dans leur terrier, mais à l'air libre de l'autre côté, dans l'antre du nid.

– J'y vais la première, comme cela s'il m'arrive quelque chose, vous pourrez réagir, murmure Nine.

Ils n'ont pas le temps de discuter sa décision qu'elle est déjà en train de ramper sous la roche. Moins d'une minute plus tard, un petit caillou arrive depuis l'autre côté.

– Ok, la voie est libre, on y va, sauf toi Prasenji, tu montes la garde et tu nous avertis s'il y a du danger ! chuchote Chayton à l'oreille de ce dernier.

Prasenji est d'accord, ce n'est pas son truc de toute façon de ramper dans la poussière sous des tonnes de granit. À nouveau, le voilà séparé de l'équipe. « Seul au monde, se dit-il, c'est ma destinée ! » Puis un sourire se dessine sur son visage : pas pour longtemps… Si le plan qu'il a mis en place fonctionne, les renforts seront là à l'aube.

Le petit groupe arrive de l'autre côté. De ce qu'ils peuvent voir, c'est un paradis : tout y est verdoyant, la végétation est luxuriante, des lianes relient les arbres… Une véritable forêt tropicale !

– Waouh, et dire que je suis passée à côté de cela ! C'est fou, au milieu d'un désert ! s'exclame Pumilla. Il y a certainement une nappe phréatique qui remonte à la surface pour qu'il y ait autant de vert.

– Je ne crois pas que c'était une bonne idée de venir ici, dit alors Nine. La dernière fois, tu m'as dit qu'il y avait des loups autour de ta tente, non ?

– Oui, trois ou quatre au moins.

– Ils t'avertissaient, explique Chayton.

– De quoi ? rétorque Nine.

– Plus tard Nine… !

Et il désigne, derrière eux, deux loups menaçants leur montrant les dents…

Nine se cache derrière Pum et se met à trembler comme une feuille pendant que Chayton s'accroupit face aux loups, baisse la tête et communique avec eux. Cela dure bien cinq longues minutes avant que les deux loups se détendent un peu et rebroussent chemin.

– Comme ils sont silencieux ! observe Pumilla qui les regarde trottiner en direction du passage.

– J'en connais un qui va faire une crise cardiaque ! dit Nine en pensant à Prasenji qui, posté de l'autre côté du trou, va voir deux loups en sortir…

Ils se rapprochent du centre où la végétation augmente et se densifie, où les insectes chuchotent des histoires à la nuit qui se veut sereine. Soudain Pumilla repère un son, un chantonnement ou plutôt un murmure qui s'amplifie et devient clair comme du cristal. Et c'est là qu'elle reconnaît la mélodie de la Terre ! Elle s'arrête net, les larmes coulent sur ses joues. Chayton s'approche.

– Que se passe-t-il ?

– Vous n'entendez pas cette mélodie ?

– De quoi tu parles ? Non ! répond Nine, et toi Chay ?

– Non.

– Ce n'est rien, on continue, dit Pum en effaçant ses larmes.

Chayton qui ouvre la marche se retourne à plusieurs reprises ; il faut qu'il garde un œil sur elle, quelque chose se passe. Pumilla ferme la marche, mais tout son être semble ne plus lui appartenir, elle se sent étrangère dans son propre corps. À ce moment-là, ils arrivent dans une clairière où un arbre magnifique s'étire très haut dans le ciel.

– Un autre banian ! laisse échapper Pum.

Chayton et Nine se retournent et la regardent en s'interrogeant sur la probabilité qu'elle ait vu un autre de ces arbres dans ce désert.

Pum reprend ses esprits et repense alors aux mygales bleues gardiennes des lieux. Oh non ! à peine a-t-elle fini sa phrase que déjà, elle reconnaît le bruit presque imperceptible de leurs pattes arrivant par vagues. Non !

– Il faut que vous partiez, elles arrivent, s'écrie-t-elle en proie à la panique. Je suis la seule qui dois rester.

– Tu racontes quoi ? Tu deviens folle ? Arrête ! s'énerve Nine.

Chayton la regarde. Il lit sur son visage la peur et le devoir.

– Ok parfait, on retourne à l'entrée, on t'attendra là, fais ce que tu as à faire.

– Non, tu es devenu fou, je ne la laisse pas seule ici !

Ce sont les dernières paroles conscientes de Nine, qui voyant arriver des centaines de mygales couleur bleu métallisé prend ses jambes à son cou ; Chayton, sur ses talons, rigole à ne plus pouvoir s'arrêter. Pum reste là, immobile au pied de l'arbre ; elle sait maintenant qu'elles ne lui feront aucun mal. Elles ne sont que les protectrices de ce lieu magique. Puis, dans cette nuit claire et paisible en apparence, les lucioles commencent à virevolter et à diffuser un rayonnement empreint de mystère. Chaque mouvement de ces petites créatures laisse une traînée lumineuse qui se déplace gracieusement dans la nuit. Soudain, contre toute attente l'arbre se met à respirer : elle l'entend, puis tout s'arrête net, la nuit reprend son pouvoir et les lucioles disparaissent. Elle reste plantée là. Mais bientôt elle entend des voix, tandis que des faisceaux de lumière clignotent au loin.

– Avance, vieux sorcier, s'écrie une voix.

– Cela ne sert à rien, je ne sers à rien ici, vous pouvez me tuer, cela ne changera rien.

– Ah ah, ta mort, oui, mais pas avant que tu m'aies ouvert les portes.

Le vieux Mooji est là, il a peur de ce qu'il va découvrir, il a peur que ces individus aient en effet trouvé le moyen d'ouvrir les portes de Shambhala, parce que le texte ancien précise : « Comme la dualité gère la vie sur terre, les portes sont soumises à cette loi du côté terrestre… »

Le leader du groupe désigne l'arbre à ses compères :

– Le voilà !

Et il l'éclaire au projecteur. Pumilla est à découvert, encerclée par des centaines de mygales bleues. Les compagnons du chef prennent leurs jambes à leur cou en hurlant… Sauf le principal intéressé qui ricane :

– Nous y voilà, ma chère Pumilla, mais cette fois, c'est ta dernière heure.

– Vladi, Vladi… dit-elle en secouant la tête.

Pendant ce temps, vers le passage des loups, les cris stridents sont arrivés aux oreilles de Nine et de Chayton. Celui-ci tient parole et ne se mêle pas de la mission de Pumilla. En revanche, il décide de mettre ce temps à profit et il part avec Nine sur ses talons vers l'est, là où il a repéré des engins qui ont dû creuser une entrée. Telles deux ombres, ils se glissent lentement mais sûrement vers ce qui s'apparente à un tunnel qui s'enfonce sous la terre. Ils descendent des échelles métalliques rouillées, tandis que peu à peu un bruit de voix et une odeur de fumée leur parviennent depuis le fond. Arrivés en bas, ils se trouvent face à des femmes et des enfants vêtus de haillons, assis autour d'un feu pour se réchauffer. Un homme se lève et se met en position de protection devant les femmes !

– Vous pouvez au moins nous laisser nous reposer bon sang ?

– Bat, c'est toi ? l'interroge Nine.

– Vous êtes qui ?

– Des amis de Pumilla, on vient vous libérer. Par ici, vite, vite sans bruit.

Et l'un après l'autre, enfants et femmes, les pieds nus dans un piteux état, remontent les échelles, guidés par Nine. Puis sans un bruit, ils longent la paroi rocheuse pour arriver jusqu'au passage des loups. Prasenji, de l'autre côté, comprend vite la situation. Il les dirige un à un derrière les buissons et leur ordonne de se coucher à terre et de ne pas bouger. Chayton ferme la marche, mais avant de quitter la grotte, il jette un œil aux travaux qui ont visiblement été entrepris ici, de vraies fouilles archéologiques ! Des centaines d'œufs de dinosaure sont accumulés jusque très haut sous la voûte du plafond, il imagine bien que les femmes et les enfants captifs ont été assignés aux travaux forcés. Et sur la droite de la grotte, il découvre des squelettes de dinosaures pas très grands.

Nine essaie de faire sortir la dernière femme, sauf que celle-ci, trop corpulente, ne passe pas dans le trou. Elle reste alors avec Nine et Chayton, ils trouveront une autre solution pour la libérer.

Pendant ce temps, de l'autre côté du passage des loups, Bat salue Prasenji et le remercie.

– J'y retourne, je dois sortir Pum de là, dit Bat. Occupe-toi d'eux en attendant veux-tu ?

Prasenji n'a pas le temps de répondre, Bat est déjà en train de ramper en sens inverse.

– 26 –

UNE RESPIRATION DE LUNE

Pumilla est là, la tête haute, comme une reine d'un autre temps ; dans son dos, l'arbre de vie lui donne son énergie, protégé par des centaines de mygales. L'ironie du moment veut que l'homme qui est en train de pointer une arme dans les côtes du vieux Mooji soit un homme qui a touché son cœur… Il y a dix ans du moins.

– Je pense que l'homme qui m'a tant aimée n'est pas le même que celui qui se tient devant moi aujourd'hui… Tu es hanté par tes démons mon pauvre Vladi. Voilà tout !

– Tu ne comprends donc rien à ce qui se passe ici ? Vraiment ! Laisse-moi te raconter une histoire qui doit t'intéresser.

– Mon grand-père était en charge du dossier « Shambhala » dans la police secrète sous le régime nazi. Il y a consacré sa vie entière et jusqu'à son dernier souffle. Il a parcouru le globe en accumulant des preuves qu'il a méticuleusement classées et dont il a fait des doubles. À sa mort, il a tout légué à mon père qui s'est senti honoré de continuer la quête de son père, mais comme il était plus malin que mon grand-père, il a vendu ses services au plus offrant ! C'est comme cela qu'il a été engagé par le Vatican, oui madame tu as bien entendu ! Shambhala ou l'île Blanche, comme les chrétiens l'appellent, apparaît dans tous les textes sacrés du monde qu'ils soient musulmans, bouddhistes, hindouistes ou catholiques. Donc très jeune un soir d'hiver, je suis tombé sur ses notes… Ma mère n'avait aucune idée de ses activités, il voyageait énormément et ramenait de l'argent à la maison, voilà tout ce qu'elle devait savoir. Puis un jour tout s'est arrêté. Mon père est mort enseveli dans une vieille mine qu'il examinait au nord de la Mongolie. Je pouvais dire adieu aux écoles privées, aux camps d'été, au ski en hiver et n'irais jamais à Oxford. J'ai fini mon éducation dans la rue, où j'ai survécu tout en m'infiltrant dans la haute société, grâce aux amis que je m'étais faits durant la plus grande partie de ma scolarité en Suisse.

Après la mort de mon père, ma mère est retournée chez sa mère et a succombé à une pneumonie peu de temps après. J'apprendrai sa mort par ma grand-mère. J'ai repris naturellement le flambeau là où tout s'était arrêté en Mongolie. Il m'a fallu des années pour mettre en place un réseau international, afin de revendre via la Corée des squelettes de dinosaures au marché noir. La Corée est légalement le lieu de relais mondial pour toutes les découvertes en relation avec des vestiges en paléontologie ; chaque os est méticuleusement marqué et répertorié. C'est un de mes amis d'école qui est directeur général de cet établissement très respecté, figure-toi ! Et attends, tu vas aimer la suite ! Je continuais mes recherches en parallèle, et c'est ainsi que je suis tombé sur Gaston Rouices à notre café que tu connais à Oulan-Bator, un archéologue en manque de gloire et à l'ego démesuré. Bingo, il allait m'aider à me rapprocher de la famille de Mooji que mon père avait identifié comme un des protecteurs des portes avec sa fille, mais elle est morte. J'ai fait un deal avec le père alcoolique d'Isabella en lui offrant une grosse somme d'argent et Gaston a marié sa fille. J'avais ainsi des yeux à l'intérieur de cette société secrète de protecteurs. Mais toi, Pumilla Eve Isquarm, tu as failli tout faire basculer lorsque tu t'es rendue à Madrid chez le curateur de Gaston, qui après ta visite a commencé à poser des questions ! Mon client principal nous a collé aux fesses ses hommes de main, à moi et à mon paléontologue.

Tout allait trop lentement à ses yeux et il nous a mis la pression, vu les sommes d'argent astronomiques qu'il me verse.

– Le Faucon des Émirats ?

– Je vois que tu suis, merci de te joindre à nous, enfin !

– Moi je m'en fous de ton histoire. Où est Bat ? Tu lui as fait quoi ? Comment tu as osé, franchement, notre ami !

– Ah ah, ce que tu peux être piteuse, avec ta loyauté.

– Il est papa de quatre enfants, si toi tu ne peux pas comprendre ça ! Heureusement qu'il m'a alertée en m'envoyant la vertèbre !

– Tu penses que c'est Bat qui t'a envoyé la vertèbre de tyrannosaure… ?

Il se met à rire vilainement.

– Non, ma pauvre crétine, c'est moi ! Je savais que tu ne résisterais pas à un mystère de ce genre. Un coup de fil à un petit malfrat – receleur antiquaire à Genève – et le piège s'est refermé comme prévu. Enfin j'ai quand même pris la précaution de te mettre sur écoute, pour connaître les détails de ton arrivée.

– J'étais sûre que c'était des empreintes de bottes des forces spéciales que j'ai repérées ce soir-là derrière mon chalet.

– Bien vu. Mon contact russe, le fils d'un collègue de mon père qui est en effet dans les forces spéciales a accepté le job parce qu'il était en train de faire du ski en Suisse à ce moment-là. Il m'a dit que tu vivais dans un petit paradis et que, oui, ton chien a failli tout faire foirer.

– Je ne comprends pas pourquoi tu voulais que je suive cette piste et du coup attirer l'attention sur ton business frauduleux…

– Vraiment ? Tu le fais exprès !!! Toi, le vieux, tu veux me dire qu'elle ne sait rien ?

– Non, elle dit vrai !

À ce moment-là, le vieux Mooji s'avance d'un pas. Vladi n'en croit pas ses yeux, comment est-ce possible ? Elle ne sait rien ? Se serait-il trompé ?

Mooji prend les mains de Pumilla dans les siennes et lui sourit du fond de son cœur comme il l'a fait il y a des années avec sa propre fille. Elle en est morte, c'est pour cela qu'il hésite encore, mais là il doit lui dire… Mais Vladi qui trépigne le devance.

– Bon Dieu, Pumilla, tu es la clé de Shambhala ! s'énerve-t-il.

– Oui c'est vrai, confirme le vieux Mooji, mais tu en es surtout la gardienne.

Elle regarde les deux hommes comme s'ils étaient fous.

– Je suis ici pour trouver Bat !

– Non ma belle, tu es ici parce que tu es…

À ce moment-là, la terre commence à trembler, les araignées se resserrent autour de Pumilla, le vieux lève la tête et voit la Lune au-dessus de leur tête. Le signal qu'il attendait ! Les portes sont en sécurité maintenant.

– Mon Dieu, merci ! s'exclame-t-il.

Et il s'écroule sur le sol.

La terre tremble de plus belle, les lucioles arrivent par milliers, les loups hurlent en haut des rochers, et des centaines d'oiseaux apparaissent de partout : des vautours, des faucons, il y en a tant que c'est difficile de les identifier, des grands, des petits, ils volent tous en formation autour de la Lune, et les parois commencent à briller de mille yeux.

– L'aragonite, murmure Pumilla, waouh !!!

Un rayon de lumière passe à travers l'arbre qui comme tous les banians est vide à l'intérieur[42]. Soudain, l'eau monte, elle la sent vibrer comme dans la cathédrale.

– Tu es l'eau, la lumière, le végétal, le minéral, l'animal et finalement tu as une enveloppe d'humain… Mais tous ces mondes vivent en harmonie en toi Pumilla, crie le vieux Mooji qui a repris connaissance mais qui est toujours au sol. Souviens-toi, chaque expérience durant tes expéditions…

C'est le déluge, tout arrive en même temps et l'eau monte dangereusement. Vladi reste étonnamment de marbre et continue son histoire.

– Ça arrive tous les cent ans et c'est aujourd'hui que les portes peuvent s'ouvrir l'espace d'une respiration de lune ! Va savoir combien de temps dure cette respiration, personne depuis mon

42. Il grandit en se nourrissant de son arbre hôte, qu'il prend en otage et finit par le faire mourir ; celui-ci se décompose au fil du temps, ce qui crée une cavité au centre des vieux banians.

grand-père n'a jamais su. Donc, durant cette respiration, reprend-il, si la clé est au bon endroit au bon moment et qu'elle entend l'appel de Shambhala, la porte s'ouvre et tu peux entrer. En temps normal Shambhala est accessible seulement aux êtres dont le karma est avancé et il faut qu'ils entendent l'appel. Mais par respect de l'ordre du monde, les portes peuvent aussi être franchies par des simples mortels sans le karma approprié, à un moment précis d'alignement des planètes, et cela est possible seulement si le porteur de la clé est présent, comme je te l'ai dit, durant une respiration de lune… et tous les cent ans.

– Il y a quoi à Shambhala ? hurle Pumilla.

– C'est l'ultime paradis. Shambhala veille aussi sur l'équilibre du monde, c'est le pouvoir ultime, c'est pour cela qu'il est convoité par tous les puissants de la Terre. Le vieux Mooji te dirait plutôt ceci : « Shambhala conserve et protège l'ADN du monde. »

Elle regarde les deux hommes comme des traîtres. Le vieux comprend sa réaction et elle se met à rigoler nerveusement en se rendant compte que la mélodie de la Terre, qu'elle a entendue à plusieurs reprises, est bel et bien l'appel en question. Elle n'a plus de doutes.

Le seul moment d'inattention de Vladi est exploité par Chayton qui était resté dans l'ombre. Il bondit comme un jaguar, le désarme et lui casse les deux jambes. C'est le sort qu'on réserve aux traîtres chez lui. Ensuite il s'avance entre les mygales qui s'écartent pour le laisser passer, et prend Pumilla dans ses bras, mais cela ne dure que quelques secondes car le temps presse.

– Fais ce que tu dois faire ici, dit-il, moi je sauve le vieux Mooji, ok ?

En guise de réponse, elle lui sourit.

Le nid aux dinosaures est le lieu de naissance de tous les oiseaux, l'endroit où se sont réfugiés les ancêtres des oiseaux actuels, les dinosaures à plumes du nom d'*Epidexipteryx*. Ce nid géant est devenu, énergétiquement et symboliquement, le lieu sacré du passage entre les deux mondes. Pumilla sait maintenant que les yeux gravés dans la roche au sommet de la cathédrale représentent le dieu Horus, l'œil de la Lune et du Soleil, le jour et la nuit, la dualité.

Sous ses yeux, l'eau engloutit Vladi, incapable de nager sans ses jambes, il essaie de se tenir à flot puis disparaît. Elle se laisse porter par la masse d'eau compacte qui la soulève, elle sait maintenant que celle-ci possède une sorte d'intelligence supérieure collective. Sa présence est protectrice et rapidement l'eau envahit la totalité du nid… Les oiseaux l'accompagnent dans son ascension, et volent en cercle tout autour de l'arbre. Sans peur, elle sait qu'elle est là où elle doit être. Une fois sur le sommet, elle se fait déposer par l'eau sur la lèvre du rocher et au loin, à des kilomètres de distance, elle aperçoit le même spectacle qui simultanément se passe dans la cathédrale… Tout était prédit, se dit-elle, l'histoire de Vladi est vraie !

Elle reprend connaissance sous une tente, dans les bras de Chayton qui a refusé de la laisser une seule seconde. Penché sur elle, il y a le vieux Mooji et à côté de lui Nine qui saute de joie et Prasenji qui prend des photos… Soudain un invité inattendu arrive qui n'est autre que le fils du président du pays. Elle doit cligner des yeux plus d'une fois pour s'assurer que c'est bien lui.

– Pumilla Eve Isquarm ! Mon exploratrice préférée, vous ne faites rien à moitié dites-moi ?

Elle le regarde et bat des paupières encore une fois.

– Il faut la laisser se reposer, intervient le vieux Mooji. Allez, tous dehors !

Quand tout le monde est sorti, elle se blottit contre Chayton et lui demande de lui raconter toute l'histoire.

– Tu veux dire, comment le fils du président est arrivé jusqu'ici ?

Elle acquiesce en riant.

– Eh bien, commence Chayton, voici ce que Nine m'a relaté… Lorsque Prasenji s'est retrouvé tout seul aux Flaming Cliffs avec les trois chevaux, juste après que Nine s'est infiltrée incognito dans la soute du petit avion, il a remarqué un groupe de touristes italiens au loin. Il s'est joint à eux et leur a raconté sa folle histoire. Il s'est avéré que les Italiens faisaient une sortie d'entreprise ; il y avait là le richissime CEO[43] de la firme avec ses meilleurs éléments auxquels il avait promis plein d'aventures incroyables en Mongolie et tout ce qu'ils avaient vu jusque-là c'était du sable et encore du sable. Le CEO sauta sur l'occasion et proposa d'aider le pauvre Prasenji. Tout le monde l'a accompagné à Oulan-Bator en avion privé. Grâce aux cinq super employés et à leurs recherches, le plan de vol du Cessna de Gaston Rouices a pu être identifié et ils ont vite compris que les allers-retours incessants entre Three Camel Lodge et ce lieu au milieu du désert donnaient la position exacte de Nine. Les précieux contacts du carnet d'adresses du millionnaire ont permis d'accéder à la ligne privée du fils du président auquel Prasenji a pu expliquer la situation. Celui-ci a pris cela très au sérieux et promis à Prasenji qu'il serait sur place, là où Nine se trouvait au lever du jour, dès que son hélicoptère pourrait voler en compagnie de son personnel spécialisé. Pendant ce temps, le jet privé du richissime CEO italien avec son personnel à bord déposait Prasenji à Dalandzadgad où un Cessna l'attendait pour un atterrissage difficile au milieu du désert, en fin de journée près d'une formation rocheuse ovale. C'est ainsi que Prasenji a donné l'alerte…

---

43. *Chief executive officer*, l'équivalent du PDG.

Le vieux Mooji s'approche de Pumilla avec un sourire béat.

– Tu vas mieux ?

– Oui, encore un peu secouée, mais raconte-moi maintenant comment toi tu es impliqué dans cette histoire.

– De génération en génération depuis la nuit des temps, explique le vieux Mooji, notre famille est gardienne terrestre de cette porte-là car il y en a plusieurs sur la Terre. Cette responsabilité se transmet seulement par le sang. On te cherchait depuis longtemps parce qu'on avait perdu William, le dernier porteur de la clé durant la dernière ouverture, il y a plus de cent ans.

L'homme au manuscrit, qu'elle a enterré, s'impose aussitôt à la mémoire de Pum.

– William ?

– Oui, il est arrivé trop tard et en plus il n'a pas été reconnu par la reine, le pauvre, il n'est pas ressorti vivant du nid.

– La reine ?

– Ne t'inquiète pas, toi tu en es ressortie, moins tu en sais, mieux c'est !

Elle se lève doucement et le regarde avec suspicion. Le vieux Mooji s'approche, la prend dans ses bras et presse fermement sa main droite entre les deux omoplates de Pum, ce qui lui déclenche une grimace de douleur. Il sourit, oui, il en est certain maintenant ! Il secoue la tête et regarde Pumilla.

– Merci de tout mon cœur ma chère, je peux mourir en paix, je ne pouvais pas avant de t'avoir trouvée, tu m'as libéré.

Il s'accroupit devant elle, la tête baissée, prostré.

– Relevez-vous bon sang, vous faites quoi ?

Au même moment, Nine rentre dans la tente avec une énorme théière : voici un thé de célébration pour tout le monde ! Offert par le vieux Mooji ! clame-t-elle.

Dans la joie et la bonne humeur, tout le monde boit ce thé de célébration, mais Pum voit soudain du coin de l'œil Chayton se retirer. Elle le suit à distance discrètement. Il appelle son cheval d'un sifflement qu'elle n'entend pas, et il s'éloigne vers trois silhouettes à cheval qui l'attendent. Avant de les rejoindre, il se retourne : Pumilla est là à le regarder, il s'en va… Ses dernières forces la quittent quand Bat arrive en courant et la retient de justesse avant qu'elle s'évanouisse.

– 27 –

RÉVÉLATION

Ils se réveillent, dans leur yourte du Three Camel Lodge, la tête lourde avec du brouillard à la place du cerveau. Nine remarque que leurs affaires ont disparu, mais elle n'en fait pas cas, elles doivent avoir été déplacées… Elle secoue Pumilla qui se tient déjà la tête et Prasenji qui ronfle par terre comme un joueur de clarinette sans clarinette. Les filles rigolent de le voir ainsi, il est toujours tellement sérieux.

– Mon Dieu, ma tête, gémit Pum en se retournant.

– Ne m'en parle pas, moi aussi… On a fait quoi hier soir ? On a bu ?

– Non, je ne crois pas, le vieux Mooji nous a offert un thé, non ? Je n'arrive plus à me souvenir de quoi que ce soit et j'ai fait un rêve de fou qui paraissait tellement vrai, tu sais comme quand tu fais un rêve érotique…

Elles partent toutes les deux dans un fou rire qui secoue leur tête encore un peu plus.

– Ça voudrait dire que je devrais te raconter le mien. C'était tellement étrange, je ne sais pas, je me souviens que j'avais caché des bougies d'un vieil avion dans mon soutien-gorge, ah ah ! C'était incroyable !

– Taisez-vous ! Je veux dormir ! réclame Prasenji.

– Ok, ok, viens, on va prendre une douche, ça nous remettra sur pied !

Comme deux zombies, elles empruntent le passage dallé de pierres grises pour se rendre aux sanitaires. Il y a des serviettes et du shampoing, tout ce dont elles ont besoin pour le moment. Chacune pousse la grande porte battante en bois de son compartiment douche qui crée un peu d'intimité. Pumilla ouvre le robinet, vérifie que l'eau qui tombe en abondance est bien chaude, se déshabille en laissant tomber ses vêtements par terre et se jette littéralement sous l'eau pour son plus grand plaisir, en laissant échapper un long « Mmmmmmm ! Enfin, mon Dieu ! »

Il lui semble que cela fait des semaines qu'elle ne s'est pas lavée, elle est dans un état ! Et son esprit est loin de pouvoir fonctionner correctement. Dans la cabine d'à côté, Nine se déshabille et, quand elle décroche son soutien-gorge, deux petits objets en tombent. Elle se baisse et ramasse deux bougies de moteur : « Comme dans mon rêve ! », s'étonne-t-elle. Elle les palpe pour s'assurer qu'elles sont réelles. Elle est en état de choc, elle sort en trombe et pousse la porte de la cabine de douche d'à côté. Elle y retrouve Pumilla nue, la tête face au mur, qui ne l'entend pas venir…

Nine s'arrête net : entre les omoplates de son amie s'affiche un énorme tatouage de mygale bleu ! Elle laisse échapper un cri de terreur qui fait se retourner Pumilla…

– Ça ne va pas non ?

Nine est à moitié nue dans sa cabine, pointant du doigt son dos en tremblant, et dans sa main gauche se trouvent deux bougies de moteur…

– C'était donc bien réel ! bredouille-t-elle.

– 28 –

LA VIE D'APRÈS

Il y a des secrets qui sont trop lourds à porter. Et si quelqu'un était conscient du poids du secret de Shambhala, c'était bien le vieux Mooji. Il avait donc trouvé une solution pour libérer Pumilla et ses amis de ce fardeau sans déranger l'ordre du monde. Il exécuta sa dernière mission en droguant toutes les personnes présentes, sauf sa famille, avec un mélange de plantes dont lui seul connaissait le dosage : leurs souvenirs s'effaceraient au fil des heures et des jours… Leur mémoire sensorielle persisterait, mais ils ne se rappelleraient aucun des événements en relation avec les portes de Shambhala.

Une semaine plus tard, ils retrouvèrent le vieux Mooji au lever du soleil, allongé en haut de la butte derrière le lodge. Le visage paisible et le corps rigide, libéré de toutes ses tâches terrestres… Un grand vautour au regard noir resta à ses côtés, et personne ne put s'approcher du corps durant trois jours et trois nuits. Puis le vautour s'envola au lever du soleil du quatrième jour…

Le paléontologue Gaston Rouices fut arrêté et lutta comme un brave avec une poignée d'avocats virulents de Madrid pour ne pas être jugé par la justice mongole et obtenir l'extradition. Ironiquement, celle-ci lui fut refusée parce qu'il était marié à Isabella et que ses deux enfants étaient eux aussi de sang mongol…

Le juge expliqua sa décision : le lien du sang est une chose que l'on prend très au sérieux dans ce pays.

Isabella continue de lutter pour le droit des femmes. Elle est toujours gérante du Three Camel Lodge, le vieux Mooji lui manque tant, et elle voit souvent le grand vautour rôder en haut de la butte derrière le camp. Ses pensées s'envolent régulièrement vers son amie Pumilla qui lui manque elle aussi. Après la mort de Mooji, la responsabilité d'identifier le prochain gardien lui incombe. Dans sa ger, cette nuit-là, elle est lasse et ce poids lui pèse déjà. Elle ne trouve pas le sommeil, elle caresse doucement les longs cheveux noirs de sa fille, qu'elle regarde dormir à ses côtés, sachant que cette tâche lui reviendra un jour…

Nine retrouva Giulio, son amoureux, à Oulan-Bator. Prasenji avait pris la peine de l'avertir que les choses pouvaient mal tourner, si bien qu'alarmé, il emprunta un avion à un de ses proches clients et atterrit moins de vingt-quatre heures plus tard. Et c'est tout naturellement que Giulio proposa d'organiser une grande fête pour célébrer la fin heureuse de cette aventure.

Prasenji s'embarqua seul dans le Transsibérien Express le lendemain de la fête, pour se rendre sur les lieux de son prochain reportage.

Dans le train, il consulta ses clichés et il décida d'effacer toute trace de leurs aventures, qui lui parurent grotesques pour la plupart – il ne comprenait rien à ce qu'elles signifiaient –, et sans grande qualité photographique.

Vladi fut déclaré mort après que les hommes du fils du président eurent vainement essayé de le capturer. Lorsque l'eau s'est retirée, les grottes se sont effondrées et le sable a recouvert le tout. Son corps n'a jamais été retrouvé.

Pumilla rentra chez elle dans les Alpes suisses. La gardienne de la Tinyhouse lui remit les clés, Dolce lui sauta dans les bras et lui fit la fête… Elle sait au fond d'elle-même que malgré l'étrangeté de son tatouage, il fait désormais partie d'elle, même si elle ne se souvient plus des circonstances dans lesquelles il a été fait.

Bat et Gabriella se sont enfin retrouvés, la fête fut une célébration de l'amour. Bat s'occupe toujours de son agence de voyages, il ne fait plus de tour lui-même, sauf dans le sud du Gobi où il essaie de se rendre personnellement, et s'arrête avec ses clients au Three Camel Lodge où il partage un repas à la grande table avec Isabella et ses enfants… sans jamais mentionner leurs aventures, mais être réunis suffit pour célébrer la vie et celle du vieux Mooji qui manque à tout le monde, même à Nine !

Et comme promis, l'été suivant, ils rendirent visite à Pumilla et Nine. Ils prirent le temps de faire de belles marches ensemble et Bat se baigna dans tous les ruisseaux de montagne qu'il croisa. Un soir, tous au coin du feu derrière la Tinyhouse, ils virent débarquer Prasenji ! Ce fut un moment qu'ils ne sont pas près d'oublier. Dolce se mit à aboyer quelques minutes plus tard et Giulio sortit de la pénombre et les rejoignit vers le feu, les mains chargées de nourriture, mais sa visite à lui était prévue !

Le lendemain matin Pum se leva bien avant le soleil, elle s'éclipsa à l'extérieur sans réveiller personne et découvrit sur la plateforme de yoga sous les grands sapins une pomme de pin gigantesque. En lotus, les yeux fermés, elle respira son odeur, il lui fallut quelques minutes avant de s'envoler très haut dans le ciel, elle eut le temps de donner deux coups d'ailes avant qu'un faucon la rejoigne…

REMERCIEMENTS

J'aimerais vous remercier, toi qui as cet ouvrage entre les mains, et tous mes fidèles lecteurs et lectrices qui m'avez accordé votre confiance depuis le début et continuez à le faire. Sans vous un livre n'a aucun sens…

Merci à Loyse Pahud qui a corrigé les premières épreuves avec respect et rigueur, et à Huguette Maure, ma directrice littéraire, qui m'a apporté sa bienveillante vigilance. Avec les années j'ai réalisé qu'elle était bien plus que cela, et qu'elle était devenue la gardienne de mes mots.

Pour qu'un livre prenne vie, il y a toute une équipe au complet derrière, et je tiens à remercier celle des Éditions Michel Lafon.

Un tout grand merci à Elsa Lafon qui au fil des livres publiés a su créer un climat de confiance et qui a eu la délicatesse de me laisser libre dans l'approche et la conception de cet ouvrage. Cette confiance est la fondation de notre collaboration pour ce septième livre ensemble.

J'aimerais aussi remercier le directeur artistique qui a réalisé la magnifique couverture de ce livre, Mathieu Thauvin, ainsi que l'illustratrice, la talentueuse Nathalie Blanchard que vous pouvez retrouver sur Instagram @billiblake

Mes remerciements vont également à ma « tribu » qui m'entoure au quotidien, vit avec moi la conception de chaque livre, et est là souvent à des heures inappropriées pour me donner des retours sur mes dernières pages. Je pense à ma chère maman qui est mon roc et ma confidente, à Nine (qui est dans la vraie vie Sandrine Viglino, cheffe d'expédition), à mon frère Joël, sa compagne Sabrina et leurs deux enfants, à Jennie Mérat qui malgré le fait qu'elle ne travaille plus à mes côtés est présente et disponible, et à Fanny Tribalat qui est toujours bienveillante, précise dans ses commentaires et généreuse avec son temps et son talent.

C'est un grand bonheur que de faire partie de la grande famille des explorateurs dans la prestigieuse institution du National Geographic, l'exploration à leurs côtés prend une autre dimension.

Ma vie d'exploratrice a été possible parce que mon destin a croisé beaucoup de monde et de partenaires. Je tiens à remercier : Thierry Mauvernay chez Debiopharm et son papa le docteur Rolland-Yves Mauvernay qui m'ont apporté leur soutien et leur confiance inconditionnelle au fil des années ; Gaz Naturel qui a compris le monde et la philosophie dans et avec lesquels j'évolue ; TISSOT-Swiss Watches qui a fidèlement marché à mes côtés avec l'idée de comprendre et de supporter l'exploration dans sa forme la plus pure. Je tiens à témoigner mon respect à monsieur François Thiébaud pour l'engagement qu'il a pris de soutenir des projets ambitieux et 100 % féminins.

Mes remerciements vont à l'incontournable écrivain Olivier Truc qui un jour au Salon du livre de Genève a suggéré l'idée que j'avais en moi ce qu'il fallait pour écrire un livre de fiction extraordinaire... Merci, merci pour cette tape dans le dos d'encouragement.

Et pour finir... Sans lui, le monde de l'édition ne serait pas le même. Je pense à monsieur Michel Lafon qui depuis le début a reconnu en moi une rebelle qui a besoin de liberté dans ses mouvements et d'air dans ses mots. Et oui, je vous ai encore fait un ouvrage qui va être difficile à classer, mais quel bonheur de vivre ces aventures littéraires sous vos ailes.

Et je n'oublie pas tous les libraires, points de vente, distributeurs, diffuseurs avec qui j'ai une relation et de longs coups de fil à chaque sortie de livre.

Par ailleurs, je tiens à anticiper vos questions et à y répondre dès maintenant : même si je sais que Nine adorait être aux commandes d'un Cessna dans la vraie vie, même si cet ouvrage est inspiré de mes propres explorations et si la plupart de ses personnages existent, leurs tribulations sont une œuvre de fiction.

Je vous dis à bientôt pour de nouvelles aventures.

Votre exploratrice

Table des matières

Retrouvez les précédents ouvrages de

SARAH MARQUIS

L'aventurière des sables

Déserts d'altitude

Sauvage par nature

Instincts

La nature dans ma vie

J'ai réveillé le tigre

Michel LAFON

Conformément au souhait de Sarah Marquis
et des Éditions Michel Lafon, le papier
de cet ouvrage est composé de fibres naturelles,
renouvelables, recyclables et fabriquées
à partir du bois provenant de forêts plantées
et cultivées expressément pour la fabrication
de pâte à papier.

Suivez les nombreuses expéditions
de Sarah Marquis
sur www.sarahmarquis.com
e-mail : sarah.marquis@sarahmarquis.ch
Twitter: @sarah_marquis
Instagram: @explorer_sarahmarquis

Mise en pages
PRESS·PROD

IMPRIM'VERT® PEFC™ 10-31-1510

Imprimé en France par Corlet Imprimeur
14110 Condé-en-Normandie
Dépôt légal : Février 2021
N° d'impression : 20120619
ISBN : 978-2-7499-4453-1
LAF 2972

Ce livre est imprimé en France, par un imprimeur soucieux de préserver l'environnement à travers des actions d'économie d'énergie, de valorisation des déchets, d'utilisation de produits moins nocifs pour la santé des travailleurs.